내

머리가

정상이라면

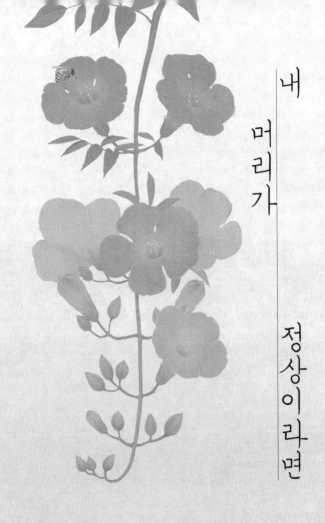

내
머리가

정상이라면

私の頭が正常であったなら

야마시로 아사코 지음

김은모 옮김

작가
정신

차례

세
상
에
서

가
장

짧
은
소
설

1

주오선 인근, 아내와 둘이서 사는 이 맨션에 얼마 전부터 다른 사람이 출몰하기 시작했다. 예를 들어 소파에 앉아 책을 읽는데 누가 시야 가장자리에 서 있다. 아내인 줄 알고 그냥 두면 화장실에서 아내가 나온다. 그럼 방금 그건 누구지? 고개를 들어 확인하면 아무도 없지만 분명 거기에 누가 있었던 것 같다.

한밤중에 잠에서 깨었을 때도 비슷한 경험을 했다. 아내가 깨지 않도록 조심스레 침대를 빠져나와 화장실에 가는데 복도 끝 어둠 속에 누가 서 있는 것 같았다. 못 본 척하고 볼일을 본 후 손을 씻고 돌아오다가 역시 신경이 쓰여 그쪽을 힐끔 보면 누군가가 있는 기척이 전보다 뚜렷이 전해진다. 다가가서 정체를 확인하면 속이 시원하겠지만 겁이 난 나머지 침실로 뛰어가 이불을 뒤집어쓰고 바들바들 떠는 것이 고작이다.

피곤해서 그런 걸까. 아니면 마음에 병이 들었는지도 모른다. 스트레스가 정신에 압박을 가하는 것 아닐까. 아니, 일은 바쁘지만 직장 내 인간관계는 양호하다. 부부 사이도 문제없다. 결혼 3년 차에 아이는 없고 아내도 미인이다. 결혼식에 참석한 친구가 부러워했을 정도로. 무덤덤한 성격이 아내의 유일한 흠이랄까.

"요즘 집에서 이상한 게 보여."

나는 소파에 앉아 미간을 문지르며 한숨을 쉬었다. 일을 마치고 집에 온 직후였다. 아내인 지후유가 주방 조리대 너머에서 저녁을 준비하며 대답했다.

"응, 나도 며칠 전부터 어떤 남자가 보여. 방을 청소하는데 구석에 서 있었어."

음식이 담긴 접시를 식탁으로 옮긴다. 무서워하는 기색도 없이 냉정하고 침착하게 말해서 놀랐다. 그 이상한 건 나한테만 보이는 줄 알았는데.

저녁을 먹으며 정보를 교환했다. 지후유는 나와 비슷한 체험을 했다.

"밤중에 복도 끝 어둠 속에 누가 서 있어서 가까이 가봤지. 중년 남자였어. 자세히 보려고 몇 발짝 더 다가갔더니 사라지더라."

지후유는 시큰둥한 표정을 자주 짓는다. 그 상태로 눈을 내리깔고 표정 변화 없이 말한다. 감정을 잘 드러내지 않는 성격이라 처음 보는 사람은 지후유가 늘 무슨 생각을 그리 골똘하게 하는지 걱정한다. 하지만 그녀를 오래 본 사람은 안다. 지후유가 시큰둥한 표정을 지을 때는 보통 배가 고픈 것이다. 그나저나 자세히 보려고 다가갔다니. 같은 상황에서 내가 침실로 달아났다는 건 비밀로 하자.

"내가 본 것과 똑같을까?"

"아마도."

"그건 뭘까?"

"귀신 아니겠어?"

나도 모르게 벌떡 일어섰다. 의자가 넘어져서 요란한 소리가 났다. 지후유가 젓가락질을 멈추고 이쪽을 올려다보았다. 그 눈동자에 빨려 들어갈 것 같다. 마음이 좀 진정되어 의자를 일으켜 앉아 다시 식사를 했다. 오늘 저녁은 닭고기 야채조림과 된장국, 그리고 생선회다.

"귀신이라니, 당신은 그런 거 안 믿는 줄 알았어. 이과잖아."

지후유는 이공계 대학교를 졸업했다. 내가 다닌 곳보다 커트라인이 높은 학교다. 졸업하고 바로 대기업에 취직했지만 사내 인간관계에 질렸는지 결혼을 계기로 그만두었다. 지금의 나보다 연봉이 더 높았는데도 말이다.

"이과 문과가 무슨 상관이야. 보이는 걸 부정할 수는 없잖아. 음, 맛있다."

닭고기 야채조림의 죽순을 먹으며 지후유는 고개를 끄덕였다. 귀신이라. 이것 참 난감하다. 팔짱을 낀 채 한숨을 쉬고 있자니 지후유가 이상하다는 표정을 지었다.

"무슨 문제라도 있어?"

"당연히 있지! 무섭잖아! 귀신이라고! 이런 일은 처음이야!"

"진정해. 단순한 심령 현상이야. 나도 귀신은 처음 보지만 현실을 받아들여야……."

지후유는 말을 하다 말고 내 뒤를 흘끗 보았다. 그리고 곧 아무 일도 없었다는 듯이 시선을 돌려 닭고기 야채조림을 젓가락으로 집었다. 어쩐 찜찜했다. 고개를 돌려 지후유가 본 곳을 확인했다.

방구석에 남자가 서 있었다. 불을 켜놓아서 밝은데도 거기만 묘하게 어두침침해 보였다. 윤곽이 모호하여 바람이 불면 흩어질 것 같다. 코끝이 닿을 듯 벽에 바짝 붙어 서 있어서 얼굴은 안 보인다. 등이 조금 구부정하다. 쥐색 양복을 입고 가죽구두를 신었다.

머리숱은 좀 적다. 그리고 뒤통수 모양이 이상하다. 움푹 꺼진 것처럼 보인다.

아내와 둘이 사는 집에 불청객이 말없이 우뚝 서 있다니 예삿일이 아니다. 소름이 끼쳤다. 비명보다 먹은 것이 먼저 올라왔다. 지후유가 테이블 너머로 손을 뻗어 내 손을 감쌌다. 서늘한 지후유의 손에는 마음을 진정시키는 효과가 있는 모양이다. 방구석에 서 있는 남자의 뒷모습과 지후유의 얼굴을 번갈아 보며 얕고 빠르게 숨을 쉬었다. 심장이 소란을 떨었다. 꼴사납게도 눈물이 솟아서 셔츠 어깨 부분으로 닦는 동안 뒷모습을 보이며 서 있던 남자가 사라졌다.

지후유가 내 손을 놓고 일어섰다. 남자가 있던 곳으로 다가가서 벽을 손바닥으로 쓰다듬고 주먹으로 두드렸다. 그리고 쪼그려 앉아 바닥을 세심히 관찰했다.

"별 이상은 없네."

지후유는 그렇게 말하고 나를 보았다.

"당신을 조금 의심했어. 날 놀라게 하려고 벽에 구멍을 뚫어 홀로그래피 장치를 설치했나. 그게 아니면 몰래카메라를 기획했나. 하지만 아닌가 보네."

．

그 후로도 우리 부부는 심령 현상에 시달렸다. 아니, 지후유는 아무렇지도 않았으니 시달린 건 나뿐인가. 예를 들어 아침에 잠에서 깨어 옆을 보면 침대 옆에 남자가 말없이 서 있었다. 모르는 남자. 처음 보는 얼굴. 비명을 지르며 이불을 뒤집어쓰고 벌벌 떨고 있으면 남자는 어느새 사라진다. 목욕할 때도 피어오르는 김 너머로 남자의 윤곽이 보인다. 이쪽은 알몸이지만 남자는 늘 정장 차림이다.

"내가 목욕할 때도 나타났어. 욕실 구석에 서 있더라."

"뭐라고? 젠장, 치한이나 다름없잖아."

지후유가 몸을 씻거나 욕조에 들어가 있을 때도 차렷 자세로 우두커니 서 있다고 하니 기분이 나쁘다. 그건 그렇고 귀신을 곁에 두고 지후유는 어떻게 태연히 목욕을 하는 걸까.

"시험 삼아 샤워기로 물을 뿌려봤거든?"

"물을 뿌렸다고? 위험하게 왜 그랬어!"

괜히 건드렸다가 덤비기라도 하면 어쩌려고.

"귀신에 물이 닿으면 어떻게 될지 궁금해서. 예를 들면 물이 옷에 스며드는지 아닌지. 결론부터 말하자면 물은 귀신 몸을 통과해서 타일 벽에 떨어졌어. 그러고 보니 손목시계 유리도 말짱하더라."

"손목시계?"

"그 귀신, 손목시계를 차고 있잖아."

지금까지 그런 데 신경 쓸 여유는 없었다. 지후유가 관찰한 바에 따르면 남자는 왼팔에 은색 손목시계를 차고 있는데 욕실처럼 습기가 많은 곳에서도 유리가 흐려지지 않았다고 한다.

"욕실에 떠다니는 물 분자는 그 몸은 물론이고 착용한 장식품까지 통과하는 모양이야. 물리적으로 간섭하지 못하는 거지."

"하지만 귀신은 우리를 만질 수 있을지도 몰라. 〈사랑과 영혼〉이라는 영화에서도 그랬잖아?"

죽은 주인공이 귀신이 되어 연인을 지켜본다는 내용의 영화다. 귀신은 물리적인 힘이 없어 문도 열지 못하므로 벽을 통과해서 이동해야 하지만 주인공은 맹훈련을 받은 끝에 물리적인 힘을 행사할 수 있게 된다.

"하지만 우리 집 귀신이 맹훈련을 하는 것처럼 보이지는 않는데. 그럴 의사도 없는 것 같고. 내가 알몸으로 눈앞을 가로질러도 표정이 맹한 게 꼭 식물 같아. 앞이 안 보이는 것처럼 눈빛도 흐리멍덩하고. 아무튼 현실의 물 분자가 몸을 통과한다면 구두는 왜 젖은 걸까?"

지후유 말로는 귀신이 신은 구두에 젖은 자국이 있다고 한다.

심령 현상은 내 정신을 좀먹어갔다. 우리에게 나쁜 짓을 하지는 않지만 사적인 공간을 침입하니까 마음이 불편하다. 바퀴벌레와 비슷하다. 언제 어디에 나타날지 모른다는 공포. 식욕이 없어지고 빈혈로 쓰러질 지경이었다. 밤에도 잠을 이루지 못해 몽롱한 상태로 출근해야 했다. 회사에서는 동료가 어깨만 두드려도 비명을 지르는 통에 기이하다는 시선이 날아들었다.

마침내 그는 회사에도 나타나기 시작했다. 어느 날 계단 층계참에 조용히 서 있는 남자를 목격했다. 쥐색 양복을 입은 낯익은 중년 남자. 사무실에도 나타났지만 동료들은 아무 반응도 없었다. 내게만 보이는 모양이었다. 그는 역 플랫폼에도 나타났고 오가는 사람들로 시야가 막힌 순간 사라졌다. 쉬려고 들른 카페에도 있었다. 클래식 음악이 흐르는 어스름한 실내에 무표정한 얼굴로 우두커니 서 있었다. 그러다 보니 나는 가만히 있어도 손이 부들부들 떨릴 만큼 피폐해졌다. 혼자 있을 때 뜬금없이 눈물을 쏟기도 했다.

어느 날 아침에 결국 나는 쓰러졌다. 몸이 무겁고 열도 났다. 심인성발열(신체적으로 특별한 질환은 없지만 긴장이나 흥분이 지속되어 발생하는 열—옮긴이)이리라. 지후유가 간호하며 침대에 누운 내 손을 잡았다. 서늘하여 기분이 좋았다. 지후유의 내리뜬 눈에 긴 속눈썹 그림자가 드리웠다. 열에 들뜬 머리로 굿이라도 해보면 어떨까 생각했다. 영험한 사람이라면 신령님의 힘을 빌린 부적이나 술로 귀신을 떼어내줄지도 모른다. 하지만 아내는 이렇게 말했다.

"심령 현상이 재발하지 않도록 조치를 취해야겠네. 일단 그가 출현하는 패턴부터 분석해보자."

지후유는 노트북의 엑셀 프로그램으로 귀신이 나타난 일시와 장소를 적은 목록을 만들었다. 목록은 두 종류로 하나는 지후유의 목격 기록이고 하나는 내 것이었다. 그는 지후유가 외출한 곳에도 나타난 모양이다. 지후유가 장을 보러 간 가게와 세탁소 주차장 등지에도 출몰했다.

"그렇게 중요한 일을 왜 말 안 했어?"

"중요하다는 인식이 없었거든. 그 귀신, 우리 눈에만 보이는가 보더라. 왜 우리한테만 보일까?"

"우리한테 씌었기 때문이겠지."

"씌었다고? 그건 어떤 상태지?"

"어떤 이유로 나랑 여보한테 들러붙었다는 뜻."

그 귀신은 우리 부부에게 집착한다. 씌었다는 건 그런 상태라고 해석했다. 문제는 이유다. 그가 왜 우리에게 집착하는지 도무지 짐작이 가지 않았다.

지후유가 의자를 가지고 와서 침대에 누운 내 곁에 앉았다. 정리한 기록을 출력하여 둘이서 살펴보았다.

"당신은 3월 20일 밤에 귀신을 처음 목격했네."

"소파에서 책을 읽는데 어렴풋이 눈에 들어왔어. 잘못 본 게 아니라면 그 남자겠지."

"나는 3월 21일에 처음 봤어. 밤에 복도에 서 있었어."

그날 이후, 그는 이틀이나 사흘 간격으로 우리 앞에 나타났다. 목격 횟수는 각자 비슷했다. 지후유가 다이어리를 확인했다.

"우리, 3월 19일에 외출했어."

생각났다. 그날은 휴일이라 전철을 타고 시내에 나가서 영화를 봤다. 백화점에서 쇼핑도 하고 레스토랑에서 저녁을 먹었다. 밤늦게야 집에 돌아왔다고 기억한다.

"그날 어딘가에서 귀신에 씌었는지도 모르겠다."

"다른 날일 수도 있잖아. 더 예전에 씌었지만 나랑 여보가 그동안 귀신이 나타난 줄 몰랐다거나."

"그 전후로 우리가 함께 행동한 날은 3월 19일뿐이야."

지후유는 이렇게 생각하는 듯하다. 귀신은 둘 중 한 명에게만 씐 것이 아니다. 우리 둘 앞에 동등하게 나타난다. 둘이 함께 행동했을 때 그가 들러붙을 만한 일이 있었을지도 모른다. 그 주에 우리가 함께 외출한 날은 3월 19일뿐이다.

"둘이 동시에 귀신에 씌었다는 건 어디까지나 가정이야. 어쩌면 다른 날에 한쪽이 먼저 씌었을 수도 있어. 내가 어디서 먼저 씌고, 집에서 당신한테 옮겼을지도 몰라."

"감기 바이러스처럼? 직장 동료들은 아무렇지 않으니 공기로 감염되는 건 아닌 것 같은데."

애당초 상식이 통하지 않는 상대다. 바이러스가 감염되는 것처럼 생리학적인 방법으로 귀신에 씐다는 보장은 없다. 그런 내용을 다룬 위대한 호러 소설이 있었던 것도 같지만 이건 별개다. 지후유는 바닥에 지도를 펼치고 3월 19일에 우리가 다닌 경로를 형광펜으로 표시했다. 길고 검은 머리가 지도 위로 늘어졌다. 나는 두 목록을 비교했다.

"나타난 시간은 안 겹치네. 예를 들어 내가 회사에서 목격한 시간에 여보 앞에는 안 나타났어."

"고마운 일이지, 양쪽에 동시에 나타났다면 두 명으로 증식한 거니까. 자, 앞으로 어떻게 할지 정하자. 첫째, 3월 19일을 돌이켜보며 귀신에 씐 계기를 찾는다. 둘째, 귀신이 누구인지 조사한다."

귀신으로 나타났으니 그는 이미 죽었다는 뜻이다. 그가 누구이고, 생전에 어디에 살았고, 어떻게 죽었는지 파악해야 한다. 소설에서 수박 겉핥기로 얻은 지식이지만 이 세상에 미련이 남은 사람이 귀신으로 나타난다고 하니 그가 품은 미련이 무엇인지 알아내서 풀어주면 심령 현상도 사라지지 않을까. 우리 부부는 이렇게 기대했다.

당분간 쉬겠다고 회사에 연락했다. 뜻밖의 다정한 목소리로 푹

쉬라는 답변이 돌아왔다. 최근 내 상태가 이상하다는 걸 상사와 동료 들도 알고 있었으리라.

혼자 침실에 남아 3월 19일에 뭘 했는지 노트북에 정리했다. 그날 영화를 보러 가자고 제안한 건 나다. 채비를 마치고 한낮에 출발했다. 맨션에서 역까지는 걸어서 10분 거리다. 출근할 때와 같은 길로 역까지 가서 전철을 타고 영화관이 있는 시내에서 오후를 보냈다. 일단 영화표를 사서 좌석을 확보했고, 영화를 본 후 백화점에 들러 지후유는 신발을, 나는 문구용품을 구입했다. 그리고 지후유가 선택한 레스토랑에서 식사를 했다. 지후유는 저녁으로 먹은 흰살생선 사진을 찍어서 블로그에 올렸다.

이동 경로를 다시 확인하며 과거 그곳에서 사건이나 사고가 발생하지 않았는지 조사했다. 우리도 모르게 사건이나 사고 현장을 지나갔고 거기서 죽은 사람의 귀신을 데리고 온 건 아닐까. 하지만 눈에 확 띌 만한 사건 사고는 찾지 못했다. 기사가 나지 않을 가벼운 접촉 사고 정도는 발생했겠지만 사람이 죽을 만큼 심각한 것은 없었다. 사람이 참혹하게 살해당하는 사건도 일어나지 않았다. 덧붙여 우리는 사람들이 많이 오가는 곳만 지나다녔다. 불특정 다수의 통행인 중에서 나와 지후유를 콕 집어서 따라온 이유는 무엇일까.

그나저나 귀신이 붙는 유형은 몇 가지나 될까. 문득 궁금해져서 인터넷을 검색해보았다. 오컬트 사이트에 들어가 심령 현상 체험기를 몇 개 읽었다. 창작물도 있었겠지만 귀신을 실제로 보고 있는 내 입장에서는 죄다 실화처럼 느껴졌다. 체험기를 하나 읽고, 더 무서운 것을 찾아 읽다 보니 시간이 쏜살같이 흘러갔다. 이미 읽은 이야기와 비슷하면 김이 팍 샜지만 그래도 무서운 이야기는 재미있다. 재미를 만끽한 후 귀신이 붙는 대표적인 유형을 몇 가지 정리해보았다.

1. 무례한 짓을 하여 귀신이 화가 난 경우. 금기를 어겼거나, 마을에 전해 내려오는 물건을 망가뜨렸거나, 뭔가를 보았을 때 심령 현상이 사람을 덮치는 모양이다.

2. 영감이 있는 사람이 주변에 떠돌아다니는 귀신을 끌어들이는 경우. 귀신은 본질적으로 고독하여 남이 이야기를 들어주길 바란다고 한다. 영감이 있는 사람은 귀신의 목소리가 들리므로 귀신이 잘 붙는 모양이다.

3. 심령 스폿spot에 놀러 갔다가 귀신이 따라오는 경우. '심령 스폿'은 귀신이 잘 꼬이는 장소를 뜻한다. 그런 곳에 가면 귀신이 붙을 확률이 커지리라.

4. 조상님이 원한을 사는 바람에 후손까지 원령에 씌는 경우.

5. 이사한 집에 귀신이 있는 경우.

6. 귀신이 붙은 물건을 가져온 경우.

이 외 다른 경우도 있을지 모르지만 일단은 이걸 검토해보자. 나와 지후유는 몇 번에 해당할까. 3월 19일에 무슨 금기를 어겼나. 기억에는 없지만 무심코 뭔가 어겼을 수도 있다. 우리에게 영감이 있어서 귀신을 끌어들였다? 확률은 낮다. 지금까지 살면서 귀신의 목소리를 들은 적도 없다. 별안간 영감이 개화했을 가능성도 없지는 않지만. 심령 스폿에 갔다? 아니다, 평범한 곳밖에 안 갔다. 조상님과 관계가 있다? 아니다, 심령 현상은 둘 다 겪었다. 둘 중 한 명의 조상님과 관계가 있다면 출현 빈도는 그쪽에 치우쳐야 마땅하다. 우리 집에 처음부터 귀신이 있었다? 아니다, 여기에 산 지 3년이 지났지만 최근에야 보이기 시작했다. 이사한 당시이미 집에 귀신이 있었다고는 보기 힘들다. 귀신이 붙은 물건을 가져왔다? 이건 검토할 가치가 있지 않을까.

세상에는 혼령이 붙은 물건이 실제로 있는 듯하다. 예를 들면 부르노 아마디오라는 화가가 그린 우는 소년의 초상화. 미국 필라델피아에 있다는 죽음의 의자. 위스콘신주의 톨먼 부부가 중고 매장에서 구입한 2층 침대. 영화로도 제작된 인형 애나벨. 어쩌면 우리도 모르게 혼령이 붙은 물건을 집에 놓아두었을 수도 있다.

3월 19일, 우리는 외출해서 몇몇 물건을 구입했다. 지후유는 백화점에서 신발을, 나는 문구용품을. 지후유가 산 신발은 어느 패션 브랜드의 검정 펌프스고, 내가 산 문구용품은 만년필에 사용할 잉크 카트리지다. 둘 다 새것이지만 귀신이 붙어 있지 않다는 보장은 없다. 예를 들어 매장에 진열하기 전 신발을 보관했던 창고가 심령 스폿이었을 수도 있다. 또는 잉크 카트리지를 만든 공장에서 참혹한 살인 사건이 발생했을지도 모르지 않는가.

내가 작성한 귀신 감염 유형을 읽고 지후유가 말했다.

"실험해보자."

지후유는 펌프스와 잉크 카트리지를 종이 상자에 담아 친정에 보냈다.

"만약 그 귀신이 신발이나 잉크 카트리지에 붙어 있다면 이제 우리 집에는 안 나타나겠지."

"대신에 처가로 귀신이 옮아갈 텐데. 미리 연락드리는 편이 낫지 않겠어?"

"음, 한마디 해둘까."

하지만 귀신은 옮아가지 않았다. 택배를 보낸 다음 날, 화장실에서 얼굴을 씻고 있는데 시야 가장자리로 힘없이 축 늘어진 누군가의 팔이 보였다. 쥐색 양복 소매, 드러난 손목에는 시계를 찼다. 흙색 피부가 눈에 들어오자 장례식 때 보았던 친척의 시신이 딱 그런 색깔이던 것이 생각났다.

3월 19일에 손에 넣은 물건이 또 없나? 수사가 벽에 부딪혔다. 그러던 어느 날, 지후유가 이런 소리를 했다.

"그 귀신, 살해당했는지도 모르겠어."

3

"왜 그 귀신은 우리를 골라서 따라왔을까? 구체적으로 우리 몸 어디에 씌었을까? 뇌? 근육? 뼈?"

"영혼 아닐까."

"영혼이라. 그건 우리 몸 어디에 있는데?"

"귀신이 되면 보이는지도 모르지."

지후유가 육체와 영혼의 경계에 대해 생각하는 건 어제오늘 일이 아니다. 우리는 얼마 전에 그 문제와 맞닥뜨렸다.

'세상에서 가장 짧은 소설'이라고 불리는 문장이 있다. 일설에는 헤밍웨이가 썼다고 하는데 그가 작가로 데뷔하기 전 비슷한 문장이 이미 신문에 실렸으니 작가는 다른 사람이리라. 고작 여섯 단어로 이루어진 소설이다.

For sale: Baby shoes, never worn.

세상에서 가장 짧은 소설

직역하면 '팝니다: 아기 신발, 사용한 적 없음'. 나와 지후유에게 바로 그 일이 일어났다. 어느 날 지후유의 몸속에 생명이 싹텄다가 사라졌다. 그 영혼은 어디로 사라졌을까. 지후유는 지금도 그걸 고민하고 있다. 영혼은 어디에 깃들까? 인간의 세포는 일정한 주기로 교체되어 낡은 세포는 몸 밖으로 배출된다. 우리 육체는 날마다 교체되는데 왜 영혼은 함께 배출되지 않을까.

지후유는 스케치북을 들고 다니기 시작했다. 귀신의 초상화를 그리기 위해서다. '심령사진'이라는 말도 있으니 우리도 귀신을 촬영할 수 있을 줄 알았는데 지후유가 스마트폰 카메라로 찍어보자 그는 찍히지 않았다고 한다.

"그럼 세상에 나도는 심령사진은 죄다 날조한 건가?"

"전부 그렇다는 보장은 없지. 그 귀신이 찍히지 않는 유형일 수도 있고, 스마트폰 기종과 촬상 소자(광 신호를 전기 신호로 변환하는 전자 부품─옮긴이)에 따라서 찍힐지도 몰라."

"눈에 보이는데 카메라에는 찍히지 않는다니 무슨 조화람. 다른 사람에게는 안 보이는데 우리에게만 보이는 것도 이상하고."

"평소에는 암호화되어 보이지 않는 상태라면? 귀신이 허가한 상대에게만 암호가 풀려서 시각 정보가 인식되는지도 모르지."

그래서 지후유는 귀신이 나타나면 바로 스케치북에 초상화를 그렸다. 귀신은 몇 초 만에 사라지기도 했지만 10분 넘게 머무를 때도 있었다. 그리는 도중에 귀신이 사라질 듯 윤곽이 희미해지면 지후유는 "잠깐, 가지 마" 하고 만류했다.

"그 귀신, 살해당했는지도 모르겠어."

"어째서 그렇게 생각해?"

"그 귀신 뒤통수가 이상하게 생긴 거 알아?"

무서워서 자세히 관찰하지는 않았지만 확실히 그의 뒤통수는 찌그러졌다. 하지만 흐리터분하게 나타났다 사라지는 존재이므로 몸 일부가 찌그러져 보이는 것 정도는 크게 마음에 두지 않았다.

"초상화를 그리려고 관찰해봤는데 뒤통수가 두 군데 함몰됐더라고. 그게 사인이 아닐까 싶은데."

"꼭 살해당했다고 볼 수는 없지. 교통사고 아닐까."

하지만 지후유는 고개를 저었다.

"머리가 함몰됐다는 건 생전에 입은 상처가 죽은 후 귀신의 모습에 반영됐다는 뜻이야. 만약 그렇지 않다면, 다시 말해 생전에 입은 상처가 반영되지 않는다면 그의 머리는 멀쩡해야겠지."

"그게 의미하는 바는, ……뭔데?"

"우리가 보는 건 저 사람이 죽은 당시의 모습이야. 양복, 가죽 구두, 손목시계도 목숨을 잃은 순간 그대로 보존되었다고 할 수 있겠지. 그가 교통사고로 죽었다면 차에 치인 흔적이 옷에 남아 있을걸. 하지만 옷은 깨끗하고 머리 말고는 다친 곳도 없어."

"그렇다고 살인사건이라니……."

그게 죽은 순간의 옷차림이라면 병원 침대에서 죽지는 않았으리라. 살해당한 사람이 억울한 나머지 귀신으로 나타났다는 견해를 심정적으로 이해 못 하는 바도 아니다. 하지만 살인이라면 기분이 뒤숭숭하다.

"아아, 알겠다. 머리로 뭔가가 떨어졌겠지. 높은 곳에서 떨어진 묵직한 물건이 운 나쁘게도 머리에 명중한 것 아니겠어? 예를 들면 건물 옥상에서 내던진 빈병 같은 거."

"그는 뒤통수를 다쳤어. 위에서 떨어졌다면 정수리가 함몰됐겠지. 그리고 그는 죽을 때 실내에 있었을 확률이 커."

"그걸 어떻게 알아?"

지후유는 지금까지 그린 그림을 꺼내서 내 앞에 늘어놓았다. 앞과 옆에서 귀신의 얼굴을 그린 그림과 손상된 뒤통수를 확대하여 그린 그림. 몸 전체를 그린 것도 있고, 넥타이 무늬, 손목시계, 구두 등 각 부분을 자세하게 그린 그림도 있다. 지후유의 그림은 섬세하고 정밀했다.

"이걸 봐봐."

지후유가 구두 그림을 가리켰다. 업무용 갈색 구두다. 오래 신어서 길이 잘 든 느낌이다.

"이 구두, 좀 젖었다고 했잖아. 빗속을 걸었을 때처럼. 그래서 바지 자락을 유심히 봤더니 물방울이 튀어서 얼룩진 곳이 있더라고. 죽은 날 비가 왔는지도 몰라."

"하지만 양복 상의는 안 젖었는데."

"비가 오면 보통은 우산을 쓰니까."

"우산?"

"그래서 상의는 안 젖었어. 그리고 실내에 있었다는 것까지 유추되지."

우산을 쓴 상태로 뒤통수가 손상되는 상황을 상상해보았지만 잘 그려지지 않았다. 무슨 물체가 빠르게 머리로 날아들어도 우산이 보호해줄 것 같다. 총알이라면 이야기가 다르지만.

"실내로 들어가서 우산을 접은 후에 죽었다는 말인가. 알았다, 발을 헛디뎌서 넘어진 거야. 빗물 때문에 바닥이 미끄러웠을 수도 있잖아. 벌렁 자빠지는 바람에 뒤통수를 바닥에 찧어서 죽은 거지."

하지만 지후유는 수긍하지 않았다.

"함몰된 곳은 두 군데야. 자리에서 일어난 후에 또 뒤로 넘어져서 머리를 찧었다고?"

나는 사고사로 매듭짓고 싶지만 지후유는 그렇게 놔둘 마음이 없는 모양이다.

"나는 누군가가 운동에너지로 머리에 손상을 입혔다고 봐. 함몰된 곳은 두 군데고 각각 위치도 달라. 거기서 사고가 아닌 인간의 의도가 느껴져. 첫 번째 충격을 받은 순간 그의 몸은 많이 움직였을 거야. 보통은 앞쪽으로 몸을 기울여 주저앉든지 푹 고꾸라지겠지. 그리고 한 방 더. 상대의 움직임을 따라서 목표를 조준하지 않고서야 저렇게 함몰 위치가 가까울 수는 없어."

그는 정말로 살해당한 걸까? 그리고 우리에게 쓴 걸까? 확정된 건 아니지만 지후유는 그 가능성을 검토하고 있다.

"만약 미련 때문에 귀신이 저세상으로 가지 못하는 거라면 죽음의 진상을 밝힘으로써 그를 보내줄 수 있을지도 몰라. 왜 우리를 선택했는지는 알 수 없지만."

귀신은 여전히 예고 없이 출현했다. 방구석에서, 또는 우리 뒤에서 발소리 한 번 없이 나타났다. 나는 용기를 내어 귀신을 관찰했다. 역시 두개골이 함몰된 탓에 뒤통수가 찌그러진 것처럼 보인다. 나와 지후유는 그를 만난 적이 없다. 아니면 우리가 잊어버린 걸까. 혹시나 싶어 지후유가 그린 그림을 친척과 친구의 휴대전화로 보냈다. '이 사람을 본 적 있으면 연락 주세요'라는 문장을 덧붙여서. 결과는 신통치 않았다. 지후유는 블로그에 초상화와 함께 심령 현상 체험기를 올렸다. 제목은 '귀신의 정체를 찾습니다'. 하지만 거기에서도 유력한 정보는 얻지 못했다.

"이것 좀 볼래?"

지후유가 노트북을 들고 내가 쉬는 침실로 들어왔다. 화면을 보니 손목시계 브랜드의 홈페이지였다. 상품 일람에 낯익은 아날로그 손목시계 사진이 있었다. 문자반 색깔, 숫자의 모양과 배치가 귀신이 차고 있는 시계와 동일했다.

"그가 찬 손목시계를 찾아봤어. 문자반에 제조사 로고가 없었다면 못 찾았을 거야. 상품 안내문을 읽어보니 반년 전부터 판매를 시작했대."

반년 전이라. 제법 최근이다. 즉, 그는 반년 이내에 살해당한 셈이다. 그가 이 손목시계 개발자라서 판매 전 상품을 생전에 차고 다녔을 수도 있지만.

"참고로 가격은 1만 5,000엔 정도야. 고급 시계는 아니니까 생전 생활 수준은 보통 아니었을까."

덧붙여 귀신의 손목시계는 늘 3시 25분을 가리키고 있다. 낮인지 밤인지는 모르지만 그가 죽은 순간에 정지했을 확률이 크다.

지후유는 이어서 넥타이 무늬를 그린 그림을 보여주었다. 차분한 전통 문양이다. 검정 바탕에 금실로 세심하게 수를 놓았다. 지후유가 조사한 바에 따르면 교토의 금란(바탕천에 금실이나 얇게 자른 금박으로 수를 놓은 직물―옮긴이) 포목상에서만 판매하는 상품이라고 한다.

"와, 용케 알아냈네."

"넥타이 수집가한테 문의했어. 바로 가게에 초상화를 보냈는데 짚이는 구석은 없나 봐."

그가 생전에 가게를 방문해서 종업원이 얼굴을 기억하고 있기를 기대했건만. 이 상품은 몇 년 전부터 판매 중이라 그가 사망한 시기를 추정하려면 손목시계 판매 기간을 참고하는 편이 나을 듯했다.

어느덧 4월도 거의 지나갔다. 세상은 온통 황금연휴 이야기뿐이다. 귀신이 우리 앞에 나타난 지 한 달이 지났다. 하지만 영 익숙해지지 않는다. 늦은 밤 그를 침대 옆에 두고 마음 편히 잠을 청하기는 불가능하다. 지후유는 아무렇지 않게 색색 잠들었지만.

"어쩜 그렇게 잘 자?"

"아무 짓도 안 하고 가만히 서 있으니까. 없는 셈 치면 되지."

평생 이러면 나는 어쩌지. 여행에도, 친구 결혼식에도 그가 따라온다면.

그런 걱정을 하던 어느 날이었다. 나와 지후유가 소파에서 텔레비전을 보는데 그가 눈앞에 나타났다. 두 팔을 축 늘어뜨린 채 흐리멍덩한 눈으로 우두커니 서 있자 주변이 약간 침침해졌다. 나는 겁에 질려 쿠션을 끌어안았지만 지후유는 말없이 그가 선 반대쪽으로 몸을 기울여 텔레비전을 보았다.

쿠션으로 얼굴을 가린 채 그를 힐끔거리며 빨리 사라지길 바랐다. 그런데 그때, 이상한 느낌이 들었다. 그의 배를 통해 텔레비전 화면이 보였다. 눈을 비비고 다시 보았지만 잘못 본 게 아니었다. 그가 반투명해졌다. 지금까지는 뒤에 있는 것이 비쳐 보이지 않았는데. 그 사실을 지적하자 지후유는 생각에 잠겼다.

"정말이네. 그런데 왜 이런 식으로 보이는 걸까?"

"그게 무슨 소리야?"

지후유는 소파에서 일어나 귀신 앞뒤를 오가며 어떻게 보이는지 확인했다.

"반투명해졌지만 체내 기관, 그러니까 내장과 골격은 보이지 않아. 체표면만 반투명한 상태로 보여. 어쩌면 그는 썬 사람의 마음속 스크린에 투영되는 건지도 모르겠어."

우리는 이 상황에 대해 이야기를 나누었다. 그가 투명해진 건 일시적인 현상일까, 아니면 앞으로도 계속 이럴까. 이렇게 된 이유는 무엇일까. 명쾌한 답은 나오지 않았고 며칠이 지나자 그는 더 투명해졌다. 나는 그 사실을 깨닫고 기분이 좋아졌다.

흥미롭게도 나와 지후유의 견해에는 차이가 있었다. 그가 좀 더 투명해졌다고 내가 느낀 날, 지후유는 전날과 다름없어 보인다고 했다. 그 반대 날도 있었다. 그는 마치 밝은 방에 영사한 영화 같았다. 투명도가 높아지자 뒤쪽 풍경과 헷갈려서 나타난 줄 모른 적도 있었다.

아무래도 심령 현상은 시간이 해결해줄 모양이었다. 그는 나와 지후유에게 멋대로 씌었다가 멋대로 사라지려고 했다. 그리고 결국, 시선을 집중해야 간신히 알아볼 수 있을 만큼 투명해지더니 더는 나타나지 않았다. 귀신이 사라졌다! 나는 와인으로 축배를 들었지만 지후유는 만족스럽지 못한 표정이었다. 이 현상을 어떻게 해석할지 여전히 고민 중이었다.

"황금연휴가 끝나면 직장에 복귀해야겠다. 블로그에 올려둔 글도 지우는 게 어때? 그걸 보면 귀신이 또 생각나서 손이 벌벌 떨릴 것 같아."

블로그에 올린 글을 지우려고 지후유가 노트북으로 향했다.

"아……."

놀란 듯한 지후유의 목소리에 나는 옆에서 화면을 들여다보았다. 블로그에 댓글이 달려 있었다. 게시글을 본 사람은 짚이는 구석이 있었던 듯 이메일 주소를 남겼다. 댓글은 다음과 같았다.

초상화를 보니 누군지 알 것 같습니다. 연락주세요.

황금연휴에 오랜만에 외출했다. 하늘은 파랗고 날씨도 따뜻했다. 집 근처 역에서 전철을 타고 시내로 나갔다. 3월 19일에 다녔던 곳을 지후유와 함께 다시 둘러보았다. 영화관 포스터는 전부 바뀌었다. 그날 상영하던 작품은 모두 내려가고 다른 작품을 개봉했다. 다시 확인해도 우리는 평범한 골목밖에 지나가지 않았고, 많은 사람이 오간다. 그중에서도 우리에게 귀신이 붙은 건 그저 운이 나빴기 때문일까.

"그는 어디서 무슨 이유로 우리한테 붙은 걸까?"

이동하면서 물어보았다. 명쾌한 답변을 기대한 건 아니거늘.

"실은 가설이 하나 있어."

"가설?"

"아직 이야기할 수 있는 단계는 아니고."

"힌트라도 주면 안 될까?"

"그는 역시 당신 말처럼 물건에 붙었는지도 모르겠어. 그의 죽음과 깊은 관련이 있는 물건에."

지후유는 더 이상 가르쳐주지 않았다.

아마노 겐이치. 그게 귀신의 정체다. 이름이 판명된 것과 거의 비슷한 시기에 그가 출현을 멈춘 것은 우연일까 아니면 필연일까.

지후유의 블로그에 댓글을 남긴 인물은 교토에 사는 남자 회사원이었다. 동료가 3월 중순부터 행방이 묘연하다고 했다. 집에도 안 들어오고 어디로 사라졌는지도 모른다. 어떤 사건에 휘말린 건지, 단순 가출인지도 불명확하다. 걱정이 되어 SNS로 정보를 모으던 중에 아는 사람이 지후유의 블로그를 가르쳐주었다고 한다. 그는 초상화를 보고 놀랐다. 행방불명된 동료 아마노 겐이치와 판박이였기 때문이다. 그 사람 덕분에 아마노 겐이치의 부인과도 연락이 닿았다.

아마노 겐이치는 교토 사람이었다. 넥타이는 부인이 생일에 준 선물이라고 한다. 그는 3월 중순, 전국에 비가 내리던 날 사라졌다. 출장을 간다며 집을 나선 뒤로 연락이 끊긴 모양이다.

길모퉁이에 자리한 빌딩 1층에 프렌치 레스토랑이 있다. 출입구 양옆을 화분으로 장식했고 작은 칠판에 오늘의 메뉴를 써놓았다. 아마노 겐이치의 부인은 아직 오지 않은 듯했다. 우리는 예약석에 앉아 기다리기로 했다.

전화 통화를 할 때 부인이 직접 만나서 이야기를 들려달라고 부탁했다. 부인은 나와 지후유의 이야기를 의심했다. 그럴 만도 하다. 행방을 감춘 남편이 귀신이 되어 생면부지의 부부에게 붙었다니 몹쓸 농담으로 들릴 것이다.

"사기꾼으로 여기지 않을까."

걱정하는 내 옆에서 지후유는 자료를 정리했다. 오늘을 대비해 작성한 프레젠테이션 자료를 출력해서 가지고 왔다. 여종업원이 물을 가져다주었다. 가게에는 테이블이 다섯 개. 아담하니 분위기 있다. 주방에 남자 셰프가 있다. 부부가 운영하는 걸까 상상했다. 3월 19일에도 우리는 여기서 식사했다. 이동 경로 확인도 겸해서 지후유가 이 가게에 예약을 했다.

출입구가 여닫히고 중년 여성이 들어왔다. 얼굴이 동그라니 통통하다. 불안한 듯 가게 안을 둘러보다가 나와 지후유가 앉은 테이블에 시선을 고정했다. 우리는 일어서서 인사했다.

"처음 뵙겠습니다. 아마노입니다."

우리는 테이블에 마주앉았다. 부인은 늦어서 미안해했다. 음료와 전채 요리가 나왔다. 런치 코스는 정해져 있었다. 식사를 하며 지금까지 무슨 일이 있었는지 자세히 설명하고 지후유가 만든 자료를 보여주었다. 그가 살해당한 것 아니겠느냐는 추측은 쓰지 않았다. 살인이라는 말은 어감이 너무 강하다. 신중하게 다루어야 한다.

"귀신이라니……."

부인이 곤혹스러운 투로 중얼거렸다. 예상한 반응이다. 버럭 화를 내지 않은 것만으로도 고맙다. 지후유는 담담하게 정보를 제시했다. 부인의 이해를 돕기 위해 내가 이따금 끼어들어 설명을 추가했다.

"여러분이 본 게 정말 귀신이라면 남편은 살아 있지 않다는 건가요……?"

부인은 스케치북에 그린 초상화를 보고 말했다. 남편이 언젠가 돌아올 거라고 지금도 믿는 것이 분명하다. 나는 "모르겠네요"라고 답했고 지후유는 "그럴 확률이 커요"라고 말했다.

한바탕 설명을 끝낸 후 이번에는 우리가 아마노 겐이치의 이야기를 들었다. 수수께끼 같던 귀신이 누구인지 드디어 판명되어 속이 후련했다. 아마노 겐이치는 교토의 한 상사회사에 다니는 회사원이었다. 취미는 낚시. 삼 형제 중 막내고 자녀는 없다. 행방불명된 날 출장을 간다며 집을 나섰다. 하지만 부인이 나중에 확인해보니 출장 예정은 없었고 집안 사정으로 휴가를 신청했다고 한다. 부인과 회사에 거짓말하고 일을 쉰 것이다.

"무슨 문제에 휘말린 낌새는 없었습니까?"

"네."

"옛날에 사건에 휘말린 적은요?"

"음, 예전에 사기를 당해서 경찰서에 상담하러 간 적이 있기는 한데요."

"사기?"

미인계를 이용한 강매 사기였던 모양이다. 십수만 엔의 피해를 당했다고 한다.

주요리가 나왔다. 레드와인 소스로 부드럽게 찐 새끼 양고기다. 맛있다. 이런 이야기를 하면서도 나는 요리를 마음껏 즐겼다. 부인은 반쯤 남겼지만.

"그이가 왜 도쿄에서 이렇게……."

"남편분은 이쪽에 자주 오셨습니까?"

"1년에 한 번쯤, 회사 출장으로요."

교토에서 사망한 뒤 영혼만 바람에 날려 왔다고는 볼 수 없을까. 그건 아니려나. 귀신은 물리적으로 영향을 받지 않는 모양이니.

"남편분은 도쿄에서 살해당했을 거예요."

지후유가 아무렇지 않게 그런 말을 꺼냈다. 부인이 놀란 표정으로 지후유를 보았다.

"어, 그건 무슨 말씀이신지……."

"남편분은 출장으로 위장해 도쿄에 왔다가 이 동네에서 살해당한 거예요."

부인이 물잔을 넘어뜨렸다. 테이블보에 얼룩이 번졌다. 지후유를 나무라고 싶었다. 그런 이야기는 신중하게 꺼내야 하는 것 아닌가. 정보를 제시할 타이밍을 사전에 상의해둘 걸 그랬다.

"하지만 어째서. 우리 남편이."

부인은 지후유의 이야기를 이해 못 하겠다는 듯 고개를 절레절레 흔들었다. 그리고 눈썹을 살짝 치켜세웠다.

"증거는 있나요?"

테이블을 사이에 두고 마주앉아 있을 뿐인데 물리적인 장벽이 생긴 느낌이었다. 의심이 가득한 눈. 속지 않겠다고 경계한다.

"자자, 부인. 진정하고 이야기를 들어보세요."

나는 의자에서 엉거주춤 일어나 그녀를 달래려고 했다. 지후유는 억양 없는 목소리로 사무적으로 말했다.

"현재로서는 없어요. 귀신도 사라져버렸고."

부인이 가방을 잡았다. 자리를 박차고 돌아갈지 말지 망설이는 걸까.

그때였다. 여종업원이 행주를 들고 왔다. 쏟아진 물을 닦고 "물다시 가져다드릴게요"라고 말한 순간 얼굴이 굳었다. 갑자기 왜 그러나 의아했다. 종업원은 경직된 듯 미동도 없이 한곳을 응시했다. 테이블에 놓아둔 아마노 겐이치의 초상화다. 종업원은 겁에 질린 표정으로 몸을 벌벌 떨었다.

"당신이었군요."

지후유가 종업원에게 말했다. 그러고는 시큰둥한 시선을 주방으로 향했다.

"아니면 둘이서?"

지후유, 도대체 무슨 소릴 하는 거야?

쾅 하고 시끄러운 소리가 났다. 어느새 종업원이 사라졌다. 가게 문이 열렸다가 닫혔다.

너무 어리둥절하여 꼼짝도 하지 못했다. 쫓아가야겠다는 생각도 없었다. 요란한 소리를 듣고 주방에서 셰프가 나왔다. 무슨 일이냐고 묻듯이 우리를 쳐다보았지만 사정을 모르는 건 이쪽도 마찬가지다. 아마노 겐이치의 부인도 상황을 따라가지 못해 난감한 기색이었다.

"턴 오버."

지후유가 조용하게 말했다. 지후유는 침착했다. 종업원이 밖으로 뛰쳐나간 이유도 아는 걸까. 나는 지후유의 말을 되뇌었다.

"턴 오버?"

"응. 저 사람이 죽인 거야. 턴 오버가 아닐까 가설을 세워봤더니 이 가게에 다다랐지."

'턴 오버'란 '대사회전'을 일컫는 생물학 용어다. 우리 인간, 더 나아가 대부분의 생물은 식사로 섭취한 단백질 등을 분해해 새로운 세포를 합성하고, 오래된 세포를 분해하여 체외로 배출한다. 새 분자와 헌 분자가 교체되면서 균형을 유지하는 동적평형상태를 가리켜 '턴 오버'라 한다.

"우리는 귀신에 씐 게 아니야."

지후유가 말했다.

"아마노 겐이치 씨는 아마도 자신을 살해한 흉기, 뒤통수를 내리친 흉기에 붙었을 거야. 저주받은 인형이나 그림과 마찬가지로 그는 사후에 자신과 연관이 깊은 물건에 붙었어. 우리는 그저 그걸 먹었을 뿐이고."

"먹었다고?"

"흉기는 우리 체내에서 분해되어 일시적으로 우리 육체와 동화되었어. 그러다 흉기가 점차 배출되어 체내 농도가 낮아지자 아마노 겐이치 씨가 투명해지고 결국은 보이지 않게 된 거지."

방금 먹은 전채 요리와 양고기가 위액과 함께 올라왔다. 아마노 겐이치의 부인은 지후유의 말을 이해하지 못한 듯 미심쩍은 표정이었다. 하지만 나는 지후유가 무슨 말을 하는 건지 똑똑히 이해했다. 결국 나는 참지 못하고 웅크려서 먹은 것을 발치에 토했다.

도네가와 게이코, 스물아홉 살. 그녀는 재작년에 결혼하여 남편과 작은 프렌치 레스토랑을 개업했다. 금실이 좋아 행복한 나날을 보냈으리라 추정된다. 하지만 도네가와 게이코는 결혼 전에 한 사기 사건에 참여했다. 수많은 피해자 중 한 명이 바로 아마노 겐이치였다.

아마노 겐이치는 행방불명되기 반년 전, 볼일로 도쿄에 왔다.

그때 도네가와 게이코를 우연히 본 모양이다. 그녀의 뒤를 밟아 프렌치 레스토랑에 다다랐다. 바로 경찰서에 갔다면 이 같은 사태는 벌어지지 않았으리라. 대신 그는 도네가와 게이코에게 과거의 죄를 추궁했다고 한다.

도네가와 게이코는 어쩔 줄을 몰랐다. 남편은 이 사실을 모른다. 밝혀지면 결혼 생활이 파탄에 이르지 않을까 겁이 났다. 그녀는 아마노 겐이치를 죽이기로 했다. 가게 정기 휴일에 불러내 시키는 대로 하는 척하다가 빈틈을 노려 흉기로 때려 죽인다는 계획이었다. 그날 남편은 친구 결혼식에 참석하느라 밤까지 집을 비울 예정이었다. 덧붙여 아마노 겐이치는 과거의 죄를 덮어주는 대신 육체관계를 요구했다고 한다.

흉기는 얼린 대구였다. 얼어붙어 딱딱해진 3킬로그램의 대구로 그의 뒤통수를 내리쳤다. 비가 내리는 가운데 시체를 우산과 함께 교외 덤불 속에 버렸다. 냉동 대구를 버리지 않은 것은 생선 탓에 꼬리를 잡히지 않을까 걱정되었기 때문이다. 가게에서 매입한 생선 숫자가 달라지는 것도 불안 요소다. 생선에 묻은 피를 씻어내고 요리에 사용하면 증거를 확실히 인멸할 수 있다고 판단했다고 한다. 도네가와 게이코는 흉기를 냉동고에 도로 넣었다. 흉기는 나중에 해동되어 흰살생선 프왈레가 되었다. 3월 19일에 우리가 먹은, 바로 그 요리다.

내가 토한 날, 도네가와 게이코는 자신이 죽인 남자의 초상화를 보고 동요하여 달아났다. 그녀는 다음 날 발견되었고 경찰에 모조리 자백했다고 한다. 시체도 찾았다. 나와 지후유도 조사를 받았지만 심령 현상 이야기를 믿어줄 리 없다. 아마노 겐이치의 부인도 우리와 어떤 관계인지 설명하느라 애먹었다. 결국 아마노 겐이치와 생전에 알던 사이였고 우연히 거기 있었던 것으로 마무리되자 지후유는 이렇게 중얼거렸다.

"정확하게 말하자면 생전이 아니라 사후의 지인이지만요."

이상이 우리가 겪은 일의 전말이다.

사건 보도가 일단락되었을 무렵, 아마노 겐이치의 부인이 편지를 보냈다. 의례적인 문장에서 서먹서먹함이 전해졌다. 나는 회사에 복귀하여 전철로 통근한다. 일상이 돌아왔다. 이제는 귀신을 보지 않는다. 그런 일은 두 번 다시 없을 것이다.

"글쎄, 과연 그럴까."

어느 아침에 지후유가 말했다. 아침을 먹고 접시를 개수대로 옮기면서.

"흉기인 대구로 섭취한 아미노산과 그 밖의 성분이 완전히 배출되지는 않았을 거야. 우리 몸속에 아직 얼마쯤 남아 있겠지."

지후유 말에 따르면 세포가 교체되는 주기는 조직마다 다르다고 한다. 근육과 간장은 60일, 피부 세포는 연령별로 달라서 20대는 약 28일, 30대는 약 40일 주기로 교체된다. 적혈구 세포의 수명은 대략 120일이므로 만약 아마노 겐이치가 붙어 있던 대구의 아미노산이 적혈구가 되었다면 아직 우리 몸속을 돌고 있는 셈이다. 어느 순간 불현듯 그가 나타나지 않는다는 보장은 없다.

"출근 전에 이상한 소리 하지 마. 괜히 겁주려고 그러는 거지?"

나는 넥타이를 매고 현관으로 향했다. 신발을 신는데 지후유가 뒤에 섰다. 평소처럼 시큰둥하게 눈을 내리떴지만 입매가 누그러져 부드러운 표정이다.

"좋은 일이라도 있었어?"

"응. 육체가 사라져도 영혼의 편린이 남는다는 걸 이번 일로 깨달았거든. 그거 알아? 우리 몸에는 턴 오버 하지 않는 세포가 있다는 거."

"뇌세포라든가?"

"맞아."

신경 섬유망을 구성하는 세포와 눈의 일부 등 대사가 진행되지 않는 세포도 존재한다고 한다.

"그게 뭐 어쨌는데?"

지후유가 자기 배에 손바닥을 댔다.

"교체되지 않는 세포 조직이 존재한다는 게 기뻐. 혹시 우리 아이에게 영혼이 있었다면, 그리고 그 영혼이 체외로 배출되기 전에 어딘가에 붙었다면 아직 내 몸에 머물러 있을지도 모르잖아?"

세상에서 가장 짧은 소설. 그 문장이 심금을 울리는 건 짧은 내용과 짧은 인생이 일치하기 때문인지도 모르겠다.

태어나지 못한 우리 아이에게도 영혼은 있었을까. 아니면 영혼은 인생의 길이에 비례하여 형태를 이루는 것이라 우리 아이에게는 아직 그럴듯한 영혼이 없었을까. 나는 모르겠다. 하지만 지후유는 우리 아이를 늘 생각한다. 귀신 소동으로 내 마음에는 트라우마가 남았지만 지후유의 마음이 치유되었다면 그걸로 된 거다. 출근하려고 문을 열자 아침 햇살이 비쳐들어 지후유의 얼굴이 환하게 빛났다.

머리 없는 닭, 밤을 헤매다

1

    친할머니 집이 있는 산기슭 동네는 주변에 넓게 펼쳐진 밭과 잡목림을 빼면 아무것도 없는 시골이었다. 겨울철에 도시에서 이사를 간 탓인지 마른 나무와 눈, 흐린 하늘같이 황량한 풍경만 인상에 남아 있다.

    당시 열두 살이던 나는 장갑과 머플러를 착용하고 할머니 집에서 먼 길을 걸어 학교에 통학했다. 시골의 겨울은 유별나게 추웠고 바람은 찌르듯이 차가웠다. 장갑을 안 끼면 손끝이 빨갛게 얼어 찌릿찌릿 아팠다.

전학생인 나는 반 아이들과 친해지지 못해 늘 혼자 지냈다. 반에는 나 말고도 혼자 지내는 아이가 한 명 더 있었다. 바로 미즈노 후코였다. 후코는 머리카락에 윤기가 없고 얼굴도 여위어서 뺨이 쑥 들어갔다. 늘 입고 다니는 연분홍 스웨터는 군데군데 타졌다. 겨울옷이 그거 한 벌밖에 없었으리라. 구멍이 숭숭 뚫린 양말을 신었다고 반 아이들이 놀리면 후코는 부끄러운 듯이 우물쭈물 고개를 숙였다.

친해지고 나서야 후코의 집안 형편이 어떤지 알았다. 내가 이사 오기 몇 년 전까지만 해도 후코는 평범한 삶을 살았지만 부모님이 교통사고로 돌아가시자 상황이 완전히 달라졌다. 이모인 미쓰요가 와서 홀로 남은 후코를 거둔 것이다. 살이 뒤룩뒤룩 찐 미쓰요 이모는 일도 하지 않고 후코를 괴롭혔다. 밥을 제대로 주지 않아 후코는 혈색이 나빠졌고 웃음도 잃었다. 반 아이들은 음울해진 후코에게 거리를 두었다. 처음 한동안은 그런 사정도 모르고 나와 마찬가지로 반에서 고립된 후코를 전우처럼 여기며 지냈다.

우리는 눈이 흩날리는 날 저녁녘에 처음 대화를 나누었다. 수업이 끝나고 어두침침하니 흐린 하늘 아래, 나는 책가방을 메고 할머니 집으로 걸어갔다. 얼어붙은 자갈길은 표면이 강판 같았다. 잡목림 옆까지 왔을 때 사람 목소리가 들렸다.

"교타로. 어디 있니, 교타로."

뒤얽힌 마른 나무들 너머에 삐쩍 마른 사람이 있었다.

"교타로. 밥 먹자, 교타로."

미즈노 후코였다. 연분홍 스웨터 한 장 차림이라 몹시 추워 보였다. 누군가를 찾는 모양이었다. 흩날리는 눈송이가 후코의 입술 옆을 지나쳐 떨어졌다. 나무들 사이로 드러난 옆얼굴을 보고 깜짝 놀랐다. 늘 고개를 숙인 모습만 봐온 터라 후코가 그렇게 예쁜 줄 몰랐다. 나도 모르게 잡목림으로 다가갔다. 그러다가 나뭇가지를 밟았는지 발뒤꿈치에서 경쾌한 소리가 울렸다.

"교타로?"

밀집한 마른 나무 틈새로 눈이 마주쳤다. 눈송이가 몇 개 또 떨어졌다. 후코는 나를 보고 겁먹은 표정을 지었다. 양손에는 물이 든 컵과 낡아빠진 작은 냄비를 들었다. 어째서인지 컵에는 빨대가 꽂혀 있었고 손에는 목장갑을 꼈다. 장갑이 없어서 늘 목장갑을 끼고 등교하는 것도 놀림거리였다.

"어, 그게…… 목소리가 들려서."

내가 약간 머쓱해하며 말하자 후코는 한 발짝 뒤로 물러났다. 교실에 있을 때처럼 고개를 숙이고 등을 웅크려 시선을 피했다. 얼굴에 그림자가 드리워 떨리는 긴 속눈썹과 시원스러운 눈매를 가렸다.

"교타로라니?"

후코는 대답하지 않았다. 내가 잠자코 물러가기만을 기다리는 듯했다. 어쩐지 미안했다.

"이만 갈게. 방해해서 미안해."

그렇게 말하고 발걸음을 돌리려고 했다. 그때 갑자기 발치에서 소리가 났다. 새가 날개를 퍼덕이는 것 같은 소리다. 후코가 흠칫하며 고개를 들었다.

"교타로!"

내 발치에 뭔가가 있었다. 하얀 덩어리. 녀석은 내 코앞까지 뛰어올라 퍼덕퍼덕 날갯짓을 했다. 나는 깜짝 놀라서 몸을 뒤로 젖히다가 엉덩방아를 찧었다. 하얀 깃털 몇 개가 눈처럼 떨어졌다.

녀석은 아무래도 닭 같았다. 후코가 찾던 교타로는 이 녀석이 틀림없다. 후코는 들고 있던 컵과 냄비를 내팽개치고 달려왔다.

"아니야! 아무것도 아니야!"

후코는 내게서 지키겠다는 듯이 녀석을 꼭 끌어안고 울음을 터뜨렸다. 나는 후코의 품속에 있는 것에서 눈을 뗄 수 없었다. 그 기이한 생김새에 더럭 겁이 났다. 그럼에도 비명을 참은 건 그런 닭이 존재한다는 것을 책에서 읽어 알고 있었기 때문이다.

그렇다. 그런 닭은 실제로 있었다. 학술 기록도 남아 있다. 하지만 일본에도 있다니 놀라웠다. 교타로라는 이름의 닭은 날개를 움직이고 두 발로 땅을 팍팍 파헤치며 하얀 깃털을 흩뜨렸다. 하지만 있어야 할 것이 보이지 않았다. 볏, 부리, 눈, 다시 말해 머리가 없었다.

세상에서 일어난 신기한 사건을 모은 책에서 '머리 없는 닭 마이크'에 관해 읽은 적이 있다. 1945년 9월 10일, 미국 콜로라도주 농가에서 닭을 한 마리 잡았다. 조리되어 저녁 식탁에 오를 예정이었던 닭은 머리를 잃었는데도 죽을 낌새 없이 멀쩡하게 돌아다녔다. 하룻밤이 지나도 죽지 않았으므로 가족은 목구멍에 스포이트로 물과 모이를 투입하며 추이를 지켜보기로 했다. 닭은 이틀, 사흘이 지나도 죽지 않았다. 가족들은 닭에게 '마이크'라는 이름을 붙이고 연구를 위해 대학에 보냈다. 과학자들이 조사한 결과, 응고된 혈액이 경동맥을 막아 출혈을 억제한 것이 아닐까 추정했다. 또 뇌간과 한쪽 귀 대부분이 남은 덕분에 머리를 잃고서도 활동이 가능한 것 아니냐는 견해도 있었다.

머리 없이 살아가는 닭의 소문은 순식간에 퍼져나갔고, 《라이프》, 《타임》 같은 잡지와 신문에서도 다루었다. 내가 읽은 책에도 마이크의 흑백 사진이 몇 장 실려 있었다. 하얀 깃털에 뒤덮인 몸, 발톱이 달린 두 발, 약간 불룩한 가슴과 그 위쪽의 거무스름한 절단면. 스포이트로 절단면 구멍에 물을 넣어주는 사진까지 있었다.

마이크는 머리 없이 18개월을 살았다. 마지막에는 모이가 목에 걸려 질식사했다고 한다.

후코가 교타로라고 불렀던 닭도 예전에는 머리가 있었다. 하지만 미쓰요 이모가 잘라버렸다고 한다.

"그 사람은 내가 싫어하는 짓만 골라서 해. 소중한 걸 다 빼앗아가. 내가 아끼는 걸 알고 어느 날 교타로를 붙잡아다 내 눈앞에서 손도끼로 목을 잘라버렸어."

하지만 머리를 잃은 교타로는 눈물을 흘리는 후코 앞에서 살아남았다.

"이모는 교타로가 죽은 줄 알아. 잘라낸 머리를 들고 금세 자리를 떠났거든."

후코는 머리 없는 닭을 몰래 키우기로 했다. 이모에게 발각되면 결과는 불 보듯 뻔하다. 간신히 붙어 있는 교타로의 목숨을 이번에야말로 완전히 빼앗으려 할 것이다. 후코는 그게 두려웠다. 눈이 흩날리던 그날 후코가 울음을 터뜨린 것도 그 때문이다. 머리 없는 닭이 있다고 내가 퍼뜨리고 다닐 줄 알았으리라. 나는 후코가 울음을 그치기를 기다렸다가 말했다.

"비밀로 할게. 아무한테도 절대 말 안 할게."

시간은 좀 걸렸지만 겨울이 끝나기 전에 우리는 뭐든지 터놓고 이야기하는 친구가 되었다. 지금까지 어떻게 살아왔는지 서로 알려주고 남에게는 말 못 할 고민도 털어놓았다. 이윽고 머리 없는 닭과 후코가 겹쳐 보였다. 머리 없이 몸만 남은 존재. 후코는 아무 생각도 없이, 아무것도 보지 않으려 애쓰며 살고 있었다.

2

나와 만날 때면 후코는 늘 입에 구슬을 물고 있었다. 귀를 기울이면 달각, 도록 하고 이와 유리구슬이 맞닿는 소리가 들렸다.

"배가 고플 때 이걸 빨아. 꼭 사탕을 먹는 기분이라 배가 덜 꼬르륵거리거든."

후코는 피가 약간 맺힌 터진 입술 사이로 색이 들어간 구슬을 살짝 보여주며 말했다.

내가 후코와 가까이 지내자 반 아이들은 난리법석을 떨었다. 칠판에 우리 이름을 적은 하트가 그려진 걸 보고 후코는 얼굴을 붉히며 고개를 숙였다. 그때 우리는 아이들 앞에서 거리를 두고 말도 나누지 않기로 암묵적으로 약속했다.

당시 내가 살던 할머니 집은 큼지막한 단층 전통가옥이었다. 친척이 2, 30명은 모여도 거뜬할 만큼 넓고 방도 아주 많았다. 하지만 나랑 아버지, 할머니 셋이서 살았으므로 방은 대부분 비어 있었다.

남동쪽에 위치한 내 방에는 곧장 밖으로 나갈 수 있는 툇마루가 딸려 있었다. 어느 일요일, 후코가 내 방 유리창을 두드렸다.

"마키오."

석유난로에 올려둔 주전자에서 피어오른 김 때문에 뿌옇게 흐려진 유리창 너머로 후코의 홀쭉한 윤곽이 보였다.

"아아, 어서 와."

유리창을 열자 후코가 끌어안은 검정 쓰레기봉투가 눈에 들어왔다. 한 아름이나 되는 쓰레기봉투 속에서 뭔가가 버석버석 움직였다.

"그냥 데려오다가 사람이랑 마주치기라도 하면 야단날 테니까. 숨 쉴 수 있게 구멍은 뚫어놨어."

후코는 쓰레기봉투 주둥이를 벌려 머리 없는 닭 교타로를 꺼냈다. 교타로는 날개와 다리를 버둥대며 내 방에 내려섰다. 그리고 난로에서 떨어진 곳을 돌아다녔다.

"너도 들어와."

"실례할게."

신발을 벗고 툇마루를 통해 방에 들어오자 후코는 안도한 표정으로 숨을 내쉬었다.

"아, 따뜻하다."

찌르듯이 차가운 바람을 맞아 뺨과 귀가 빨개졌다. 오늘도 연분홍 스웨터와 목장갑 차림이다. 난로를 쬐라고 재촉했지만 후코는 사양하고 창가에 무릎을 꿇고 앉아 방을 두리번두리번 둘러보았다. 이미 몇 번 와봤으면서 오늘도 긴장한 모습이었다.

"쓰레기봉투에 숨겨서 데려오다니."

"이상한가."

봉투에는 연필로 낸 듯한 구멍이 몇 개 뚫려 있었다.

"미안해, 어두워서 무서웠지?"

후코는 손도끼에 잘린 거무스름한 절단면에 말을 걸었다.

"머리가 없으니까 어둡다는 생각은 못 했을 거야."

"그럴까?"

"그럴걸."

머리가 없는 닭이 대체 무슨 생각을 하며 살지는 상상도 가지 않았다. 교타로는 가끔 몸을 앞으로 구부려 땅바닥의 먹이를 쪼아먹는 시늉을 한다. 암흑 속에서 먹이의 환영을 보고 반사적으로 예전처럼 움직이는 것이다. 일찍이 마이크도 비슷한 동작을 했다는 기록이 남아 있다.

'머리 없는 닭 마이크'가 실린 책을 후코에게 보여주고 교타로에게 물과 모이를 주는 연습을 했다.

"봐, 이렇게 하는 거야."

후코는 컵에 담긴 물을 빨대로 빨아올려 교타로의 목에 뚫린 작은 구멍으로 가져갔다. 분명 거기가 식도이리라. 물을 흘려 넣자 머리 없는 닭은 보글보글, 거품을 내며 삼켰다.

"어때, 귀엽지?"

"귀엽지는 않아."

"모이를 줄 때도 대충 이런 식이야. 집어서 구멍에 넣어줘."

나는 후코가 들고 온 가루모이를 직접 줘보았다. 손가락으로 집어서 거무스름한 절단면의 구멍에 떨어뜨린다.

"그런데 정말로 괜찮아? 안 들키겠어?"

"맡겨줘. 아빠랑 할머니한테 절대로 방에 들어오지 말라고 해놨으니까. 이제부터는 교타로를 보러 여기로 오면 돼."

후코는 지금까지 아무도 오지 않는 잡목림에 엉성한 울타리를 쳐놓고 그 안에서 교타로를 길렀다. 그런데 눈이 흩날리던 그날, 울타리가 바람에 망가져서 교타로가 달아난 것이다. 나는 잡목림에서 교타로를 계속 기르기는 힘들 거라고 주장했다. 누가 올 수도 있고, 울타리를 수리하더라도 또 언제 달아나서 사람 눈에 띌지 모른다. 그래서 시험 삼아 내 방에서 길러보자고 제안했다.

"이 녀석은 울지도 않고, 조용하니까 분명 안 들킬 거야."

하지만 교타로는 목청을 돋우어 울고 싶은 욕심이 있는지 가끔 절단면 구멍에서 슈오오오, 슈오오오 하고 공기 새는 소리가 났다. 손을 대보면 폐에서 내보낸 날숨이 손바닥에 닿아서 간지럽다. 제 딴에는 우렁차게 울고 있는 것이리라.

"하지만 똥도 싸는데?"

"아 참, 머리도 없는 주제에 똥은 싸는구나."

"당연하지. 살아 있으니까."

머리 없는 닭 교타로는 폴짝폴짝 뛰듯이 내 방을 돌아다녔다. 머리가 없는 그 모습은 참으로 희한했다. 날개 달린 둥그런 살덩이가 가느다란 두 다리로 서 있다. 후코는 그걸 보고 실눈을 떴다.

"귀여워라."

"어디가?"

"천사 같아. 폭신폭신 부드러운 몸에 하얀 날개가 달렸잖아?"

구슬이 달각 움직이는 소리와 함께 후코의 야윈 뺨이 볼록 튀어나왔다.

그날 밤 교타로가 이불에 똥을 쌌지만 그것 말고는 문제가 없을 듯했다. 집이 넓은 데다 아버지와 할머니 방은 멀리 떨어져 있으므로 교타로가 날개를 퍼덕거리고 돌아다녀도 시끄러운 기척은 전해지지 않는 것 같았다.

밤중에 눈을 뜨자 교타로가 툇마루 쪽 유리창을 발톱으로 긁고 있었다. 창문으로 달빛이 비쳐들어 머리가 없는 흰색 닭이 어둠 속에서 도드라져 보였다. 밖에 나가고 싶은 걸까? 아니, 그렇게 보일 뿐이다. 녀석은 머리가 없으니 '밖에 나가고 싶다'는 생각은 못 할 테고 우연히 창문을 긁은 것이리라. 하지만 이왕 잠도 깼으니 잠깐 산책을 시켜보기로 했다.

녀석이 달아나지 않도록 곁에 붙어서 걸었다. 대울타리에 둘러싸인 집 부지를 빙글빙글 돌아다니는 모습이 마치 잃어버린 머리를 찾는 것처럼 보였다. 머리 없는 기사 둘라한 전설(아일랜드에 전승되는 요정의 일종. 누군가 죽기 전에 온 도시를 돌아다닌다고 한다. 머리가 없거나 자기 머리를 옆구리에 끼고 있다—옮긴이 주)처럼.

"네 머리는 어디 있을까. 분명 후코네 이모가 벌써 버렸을 거야. 그렇지?"

나는 머리 없이 돌아다니는 닭에게 말을 걸었다.

후코는 날마다 우리 집에 와서 교타로와 놀다가 돌아갔다. 얼마 지나지 않아 아버지, 할머니하고도 인사를 나누었는데 우리와 함께 있을 때만은 표정이 편안했다. 후코가 집에 오면 할머니는 늘 과자를 가져다주었다. 할머니가 다가오는 기척이 나면 우리는 교타로를 벽장에 숨기고 카드놀이 등을 하는 척했다. 할머니가 방에서 나가면 후코는 내게 허락을 얻고 나서 약간 쑥스러운 듯 과자로 손을 뻗었다. 후코는 밥을 제대로 먹지 못했으므로 늘 배를 곯았다.

나와 후코와 머리 없는 닭, 이렇게 셋이서 산책을 나가기도 했다. 인적 없는 막다른 길을 골라 날개 달린 흰색 덩어리를 풀어놓는다. 비쩍 마른 후코는 입안에서 구슬을 달각, 도록 굴리면서 교타로를 따라 한들한들 걸었다. 후코에게는 금방이라도 사라질 듯 덧없는 분위기가 감돌았다. 황량한 겨울 대지를 거니는 머리 없는 흰색 닭과 소녀는 마치 환영처럼 보이기도 했다.

3

심부름을 하러 동네 변두리에 있는 조그마한 슈퍼에 갔다가 미쓰요 이모를 보았다. 뚱뚱하고 덩치가 큰 여자다. 비좁은 듯 진열대 사이를 간신히 지나가며 무표정한 얼굴로 통조림을 바구니에 쓸어 담았다. 길고 검은 머리카락은 비듬과 함께 기름이 끼어 번들거렸고, 이웃 사람과 마주쳐도 인사 한마디 건네지 않는다. 그런 사람이 나를 보자 갑자기 몸을 틀어 다가왔다.

"너구나, 우리 후코를 자꾸 꾀어내는 게."

미쓰요 이모가 분노에 찬 얼굴로 말했다. 탁한 흑색 눈을 보자 오싹했다. 마치 끝없는 동굴이 나를 노려보는 듯한 기분이었다. 어지간한 남자보다 키가 크다 보니 곰에게 위협을 당한 것처럼 무서웠다.

미쓰요 이모는 바구니로 나를 쿡쿡 밀면서 말을 이었다.

"야, 가만히 있지 말고 말 좀 해봐. 후코랑은 어디까지 갔어?"

나는 견딜 수가 없어 슈퍼에서 뛰쳐나갔다. 뒤에서 웃음소리가 들렸다.

당시 나는 미쓰요 이모를 미워했다. 후코는 멍이 든 채로 학교에 올 때가 많았다. 선생님에게는 계단에서 넘어졌다고 우겼지만 실은 이모가 때린 것이다. 미쓰요 이모가 후코를 괴롭힌 이유는 뭘까. 미인이었던 언니에게 콤플렉스를 느낀 탓 아니겠느냐는 사람도 있다. 이 말처럼 미쓰요 이모는 단정한 이목구비를 물려받은 조카를 볼 때마다 자기 언니가 떠올라서 패악을 부린 것 아닐까.

"멍든 거, 선생님한테 솔직히 말하는 게 낫겠어."

"안 돼. 일렀다는 걸 알면 이모가 길길이 날뛸 거야."

우리는 머리 없는 닭을 산책시키며 이야기를 나누었다. 교타로는 거무스름한 절단면을 앞세워 서리가 내린 밭을 껑충껑충 나아갔다.

"이모를 죽이자. 강도가 든 것처럼 꾸미는 거야."

후코는 난감한 표정을 지었다.

"안 돼. 내가 참으면 그만인걸. 어른이 되면 분명 자유를 얻겠지. 그때까지 지독한 짓을 당해도 말대꾸하지 않고 견딜 거야. 폭풍이 지나가기를 기다리는 것처럼."

머리 없는 닭, 밤을 헤매다

그때 후코의 말을 무시할걸. 나는 나중에 이렇게 후회했다.

어느 날, 후코가 왼눈에 시퍼렇게 멍이 들어서 학교에 왔다. 아이들이 "못난이!" 하고 놀리자 고개를 푹 숙였다. 그리고 저녁이 되자 평소처럼 내 방에 와서 머리 없는 닭을 사랑스럽다는 듯이 끌어안았다.

"엔니치(신불과 이 세상의 인연이 강하다고 하는 날―옮긴이) 축제가 열렸을 때 엄마가 병아리를 사줬어. 그게 교타로야."

후코가 가르쳐주었다.

"아빠가 닭장을 만들어줬지. 그리고 엄마 아빠랑 함께 어른 닭으로 키웠어…… 어? 얘, 살쪘나?"

교타로는 포동포동하니 예전보다 몸집이 커졌다. 그러고 보니 머리 없는 닭 마이크도 잡지와 신문에 실리며 화제가 되자 모이를 잔뜩 얻어먹으며 호강한 나머지 몸무게가 네 배로 불었다고 한다. 머리를 잃고도 건강하게 살다니 신기한 일이다.

빨대로 물을 먹이고 모이를 주었다. 먹을 것을 줄 때마다 거무스름한 절단면의 구멍이 움찔움찔 움직였다. 그러고 나면 우리는 난로 앞에 앉아 만화책을 보았다. 만화에 푹 빠진 나머지 후코는 입안에서 달각, 도록 굴리던 구슬을 실수로 삼키고 말았다. 느닷없이 후코가 컥컥거리기에 무슨 일인가 싶었다. 결국 구슬은 목구멍을 꿀꺽 넘어갔다.

"아, 죽는 줄 알았네……."

후코가 조금 창피해하며 말했다. 몹시 컥컥거린 탓에 펑펑 운 것처럼 눈이 붓고 코가 빨개졌다.

날이 저물기 전에 길을 나섰지만 걱정이 되어 집까지 바래다주기로 했다. 후코네 집은 작고 허름한 독채로 잡목림에 둘러싸인 외진 곳에 있었다. 나란히 걸으며 얼굴에 왜 멍이 들었는지 물으니 예의범절을 가르친다는 핑계로 이모가 때렸다고 한다. 야단맞을 짓도 안 했는데 어떻게든 이유를 만들어 손을 대는 것이다.

우리는 집 앞에서 걸음을 멈추었다. 창문으로 불빛이 새어 나왔다. 집 옆에 닭장이 있었다. 안은 텅 비었지만 모이 상자는 그대로 남아 있었다.

"아버지가 이걸 만드셨어? 솜씨 좋다."

나는 닭장을 살펴보며 말했다. 만듦새가 꼼꼼했다.

차고에는 흰색 승용차가 있고 빈 공간에 짐과 농기구가 여럿 놓여 있었다. 그중에 손도끼가 눈에 띄었다. 날에 남은 거무튀튀한 얼룩은 교타로의 목을 잘랐을 때 묻은 피일까. 우리는 아무 말도 없이 몸을 바싹 붙여 섰다. 잠시 후 주변이 어두워지기 시작했다. 우리는 헤어지기로 했다.

"마키오, 고마워. 내일 봐."

현관 앞에서 손을 흔드는 후코가 어스름에 잠겨 희미해 보였다. 나는 등을 돌리고 걸음을 옮겼다. 잡목림 사이로 난 길에는 가로등도 없다. 걷는 동안 주변은 캄캄해졌고 후코와 후코네 집은 짙은 어둠을 머금은 잡목림 저편으로 사라졌다.

다음 날 후코는 학교를 쉬었다. 내 방에도 오지 않았다. 그다음 날도 마찬가지였다. 그날 낮에 선생님이 후코가 결석한 이유를 설명했다. 갑자기 전학을 가게 되었다고 한다. 후코를 거두고 싶다는 친척이 나타나서 이미 이사를 갔다는 것이다. 거짓말이다. 그렇게 아끼던 머리 없는 닭을 내게 맡겨놓고 인사 한마디 없이 떠나다니 말도 안 된다. 아니면 인사하러 들를 시간도 없을 만큼 급하게 떠나야 했던 걸까.

하굣길에 후코네 집으로 향했다. 이모 곁을 벗어날 수 있다면 다른 친척과 사는 것도 나쁘지는 않다. 하지만 찜찜한 예감이 머리를 살짝 스쳤다. 잡목림 사이로 난 길을 빠져나오자 후코네 집이 보였다. 현관으로 다가가서 낡은 인터폰을 눌러보았지만 벨 소리는 들리지 않았다. 망가진 모양이다. 문을 두드리며 소리쳤다.

"계세요? 같은 반 친구 마키오인데요."

대답은 없었다. 주변을 둘러보았다. 차고에 차가 없다. 정말로 이사 간 걸까. 후코를 거두어준다는 친척 집까지 따라가느라 이모도 집을 비운 걸까. 그럴지도 모른다는 마음이 고개를 쳐들었다. 그럼 됐다, 그편이 좋다.

집 앞에서 고개를 숙인 채 잠시 서서 마음을 정리한 후 돌아가려고 했다. 그때 차가운 겨울바람이 텅 빈 닭장 문을 흔들어 끼익 소리가 났다. 모이 상자가 부서져서 뒤집혀 있었다. 누가 닭장에서 날뛰기라도 한 것처럼.

"후코! 정말 없어?!"

어쩐지 꺼림칙한 예감이 들었다. 조금만 더 살펴보자. 집 주위를 돌면서 이름을 불렀다. 작은 창문이 열려 있었다. 위치로 보건대 욕실일까. 다가가서 안을 들여다보니 욕실 벽에 손도끼가 기대어 있었다. 날이 깨끗한 것으로 보아 씻어서 말려놓은 듯한 인상이었다. 왜 이런 곳에 손도끼가? 너덜너덜해진 도마와 텅 빈 가루세제 통도 있었다. 그리고 배수구 옆에서 작은 구체가 빛을 반사했다.

달각, 도록.

이에 닿는 소리와 볼록 튀어나온 후코의 여윈 뺨이 떠올랐다. 배수구 옆에 놓인 것은 후코가 늘 물고 다니던 유리구슬이었다.

4

집에 가서 경찰에 신고했다. 내 이름과 주소, 후코네 집에서 본 광경을 설명하고 빨리 와달라고 했다. 할머니가 내 창백한 얼굴을 보고 놀랐다.

나는 현관 앞에서 경찰에게 이런저런 질문을 받았다.

"멋대로 남의 집을 엿보다니, 나쁜 아이로구나."

"그게 문제가 아니잖아요. 빨리 가서 후코네 집을 조사해주세요. 이모를 찾아내서 추궁하라고요. 후코는 욕실에서 토막 난 거예요. 그러니까 구슬이 거기 있겠죠. 아니면 꿀꺽 삼킨 구슬이 왜 욕실에 있겠어요?"

아무도 내 주장에 귀를 기울이지 않았다. 인상을 찌푸리고 기분 나쁜 것이라도 보는 듯한 눈으로 나를 보았다.

"후코네 이모는 못된 사람이에요. 오래전부터 후코를 괴롭혔어요. 후코가 아끼는 닭을 붙잡아다가 눈앞에서 목을 자른 적도 있다고요. 왜 손도끼를 깨끗이 씻어놨을까요? 남이 보면 안 되는 얼룩이 묻었기 때문이겠죠."

"악몽이라도 꾼 것 아니니? 멀쩡한 어른이 아이가 아끼는 닭을 눈앞에서 잡을 리가 없잖아."

경찰이 나를 타이르듯이 말했다.

"그럼 보여줄게요. 증거를 보여주면 되잖아요."

구석진 곳에 있는 내 방으로 들어갔다. 흰색 깃털과 닭똥이 방 바닥에 드문드문 떨어져 있었다. 교타로는 책상 밑에 두 다리를 감추듯이 웅크리고 앉아 있었다. 잘린 목의 절단면이 거무스름한 걸 제외하면 온몸이 새하얗다. 교타로가 절단면의 작은 구멍을 뻐끔뻐끔 움직였다. 구멍에서 날숨이 나왔다. 울고 있는 것이리라. 나는 교타로를 끌어안고 현관으로 돌아갔다.

늦은 밤, 경찰이 후코의 집 차고에서 핏자국을 발견했다. 차 트렁크에서 새어 나온 후코의 피다. 얼어붙은 자갈길 위로 점점이 이어진 핏자국을 추적해 어디로 갔는지 알아냈다. 차는 다음 날에 발견되었다. 인적 없는 산속에 세워져 있었고, 부근에서 미쓰요 이모가 토막 낸 후코의 몸을 불태우고 있었다고 한다.

경찰은 불길이 솟아오르는 드럼통에 검정 쓰레기봉투를 던져 넣으려는 미쓰요 이모를 보고 불러 세웠다. 이모는 봉투를 내팽개치고 괴성을 지르며 달아났다. 발은 느렸지만 힘이 세서 경찰의 손도 뿌리쳤다. 이모가 맹수같이 거세게 저항하자 경찰은 겁을 먹어 다가갈 엄두를 못 냈다. 결국 지원 인력이 합세하여 간신히 제압했다.

쓰레기봉투에 구멍이 뚫린 것이 잘못이었다. 미쓰요 이모는 피가 새지 않도록 쓰레기봉투에 시체를 넣어 차 트렁크에 싣고 산속으로 옮겼다. 쓰레기봉투에 구멍이 없었다면 핏자국이 길에 남지 않았을 것이다.

그게 후코가 뚫은 구멍임을 나는 안다. 후코는 머리 없는 닭을 내 방에 데려올 때 사용한 쓰레기봉투를 제자리에 갖다 놓았다. 미쓰요 이모는 그런 줄도 모르고 그 비닐봉지를 썼다. 닭이 질식하지 않도록 내놓은 구멍이 이모의 행방을 알려준 셈이다.

나중에 들은 바에 따르면 후코는 얼어 죽었다고 한다. 하룻밤 내내 닭장에 갇혀 있던 탓에 추위로 사망했다는 것이다. 체포된 후 미쓰요 이모는 지리멸렬한 진술을 늘어놓았고, 경찰이 끈기 있게 추궁한 결과 그날 밤에 있었던 일을 상세하게 털어놓았다. 그날 밤, 이모는 여느 때처럼 생트집을 잡아 후코를 야단쳤고 닭장에 가둔 뒤 자물쇠를 채웠다. 평소 같았다면 후코는 추위에 떨며 바로 눈물을 줄줄 흘리고 용서를 빌었을 것이다. 하지만 그날은 달랐다.

후코는 이모를 애처로이 쳐다보며 말했다.

"이모는 늘 나한테서 소중한 걸 빼앗아 가. 하지만 이건 못 뺏을걸. 내 마음에 싹튼 이 감정만은 이모도 절대로 어떻게 못 할 거야."

감정? 후코가 지켜낸 감정은 도대체 무엇이었을까. 내가 품은 것과 똑같을까.

후코가 울면서 빌지 않자 이모는 후코를 닭장에 방치했다. 결국 후코는 목숨을 구걸하지도, 울지도 않고 싸늘하게 식은 몸으로 아침을 맞이했다.

미즈노 후코가 사망한 사건은 도를 넘은 가정 교육이 죽음을 불러온 사례로 아주 잠깐 사람들의 입에 오르내렸다. 나는 머리 없는 닭 교타로만은 매체에 보여주지 않았다. 이웃 사람에게도 보여주지 않고 내 방 바로 옆에 닭장을 설치해 몰래 키웠다. 얼마 지나지 않아 머리 없는 닭은 낭설로 치부되었다.

밤이 되면 닭장이 소란스러워서 잠에서 깬다. 그때마다 나는 하품을 하면서 웃옷을 걸치고 툇마루를 통해 밖에 나간다. 교타로를 밖에 자유로이 풀어준다. 녀석이 밖으로 나가고 싶은 듯 보이는 건 분명 내 기분 탓이다. 녀석에게는 머리가 없으니까. 하지만 나는 그러고 싶었다.

달빛 아래, 날개가 달린 흰색 덩어리를 쫓아간다. 할머니 집을 빠져나와, 후코와 함께 산책한 곳을 지나, 아무것도 심지 않은 밭을 이리저리 헤맸다. 교타로는 잃어버린 머리를 찾아다니는 것처럼 보이기도 했다. 그런 생각이 드는 건 바로 내가 그런 상황이기 때문이다.

　미쓰요 이모는 구치소에서 자살했다. 직원이 잠깐 눈을 뗀 사이에 벌어진 일이었다. 이모가 입을 열지 않고 무덤으로 가지고 간 사실이 몇 가지 있다. 후코의 머리가 어디에 있느냐도 그중 하나다. 이모는 후코의 시체를 욕실에서 해체했다. 하지만 이모가 체포되었을 때 후코의 머리는 발견되지 않았다. 활활 타오르는 불을 끄고 드럼통 속을 살펴보았지만 두개골로 보이는 뼈는 눈에 띄지 않았다. 차에 실린 삽에 이 동네의 흙이 묻어 있었으므로 머리만 다른 곳에 묻은 것이 아닐까 추정해 수많은 수사원을 동원했지만 후코의 머리는 아직 발견하지 못했다.

　나도 후코의 머리를 찾아 온 동네를 돌아다녔다. 땅을 파낸 흔적이 없는지 잡목림, 밭, 강가, 산비탈 등을 주의 깊게 관찰하며 하루를 보냈다. 낮밤을 가리지 않았다. 생각날 때마다 집을 나서서 조금의 변화도 허투루 넘어가지 않고 얼어붙은 땅을 확인하며 돌아다녔다. 할머니와 아버지, 선생님들이 나를 걱정했다. 하지만 후코의 머리만 찾으면 나는 완전히 원래대로 돌아올 것이다. 내게 필요한 건 후코의 머리였다. 떨리는 속눈썹, 시원스러운 눈매, 터서 피가 맺힌 입술이 있는 미즈노 후코의 머리 말이다.

　"교타로."

　나는 머리 없는 닭에게 말을 걸었다.

"어디로 갈 거니? 어디로 가면 돼?"

차가운 밤공기 속에 입김이 하얗게 피어올랐다. 가로등은 손에 꼽을 정도밖에 없다. 그래서 맑은 날은 하늘에 별이 총총하다. 나와 머리 없는 닭은 마치 별이 쏟아져 내릴 것 같은 하늘 아래를 가고 싶은 대로 나아간다. 아득히 넓고 쓸쓸한 세상이 시야 가득 펼쳐진다. 나는 머리 없는 닭과 함께 언제까지나 밤의 어둠 속을 헤맨다.

머리 없는 닭, 밤을 헤매다

곤드레만드레

SF

1

    나는 주로 호러 소설을 쓰지만 가끔 SF 소설도 집필한다. 특히 '시간 SF'라고 불리는 작품을 쓰길 좋아한다. 시간 SF란 타임머신으로 과거 또는 미래를 여행하다가 문제에 휘말리거나 뭔가를 계기로 특정한 하루를 반복하는 등 시간을 주제로 한 소설을 가리킨다. 대학교 후배 N에게 연락이 온 건 내가 그런 소설을 몇 편 썼기 때문이다.

    "선배, 상의할 게 있는데 시간 좀 내주시면 안 될까요?"

내 SNS 계정으로 이런 메시지가 왔다. 그다음 주, 우리는 기치조지의 술집에서 만났다. 일단 맥주로 건배하고 근황을 보고했다. 20대 후반 청년이지만 N은 대학 시절과 인상이 똑같았다. 후줄근한 티셔츠와 청바지, 때 묻은 운동화. 당시에는 밴드 활동을 했지만 이제 음악에서는 멀어졌다고 한다.

나와 N의 첫 만남은 착각에서 비롯되었다. 당시 N과 닮은 사람이 우리 학교에 다녔다. S라는 녀석으로 우리는 같은 과였다. 어느 날 빌린 노트를 돌려주려고 학교에서 S를 불러 세웠는데 아무래도 낌새가 이상했다. 이야기가 맞물리지 않고 처음 보는 것처럼 서먹서먹하게 굴었다. 잠시 후에야 한 학년 아래의 완전히 다른 사람임을 알았다. 그 후로 N과도 친분을 맺어 현재에 이르렀다.

"실은 제가 소설을 써볼까 하거든요."

한바탕 잡담을 나눈 후 N은 본론에 들어갔다.

"소설에 사용할 만한 아이디어는 있는데 어떻게 써야 할지 잘 모르겠어서 고민하다가 선배 생각이 났어요. 시간 관련 아이디어인데 지금 동거하는 여자 친구가 아마 시간 SF에 써먹을 수 있을 거라고 하더라고요. 선배, 그런 책을 몇 권 써봤죠?"

맥주를 추가로 주문하고 N에게 집필 의욕을 불러일으켰다는 아이디어가 뭔지 물어보았다.

"어떤 여자가 술에 곤드레만드레 취해요. 지금이 몇 시 몇 분인지도 잘 모를 정도로 헬렐레하는 거죠. 왜, 그럴 때 있잖아요. 그런데 그 여자의 시간은 실제로 혼탁해져요."

시간이 혼탁해진다고?

"네. 시계를 봤더니 9시 10분이었다고 치죠. 그런데 잠깐 눈을 뗀 사이에 8시 45분이 되어 있는 거예요. 잘못 본 게 아니고요. 만취 상태에서 의식이 혼탁해지는 것처럼 시간 개념을 잃고 현재에서 조금 어긋난 시간에 도달하는 거예요."

다리를 휘청대며 걷는 것처럼 의식이 시간이라는 축 위를 왔다 갔다 하는 느낌일까.

"술이 깨서 의식이 또렷해지면 시간의 흐름은 정상이 됩니다. 그러니까 여자가 과거나 미래를 엿볼 수 있는 건 그 직전까지, 취해 있는 동안만인 거죠. 술이 깨면 여자의 의식은 원래 시간의 흐름에 고정돼요. 술에 취했다가 깰 때까지 과거와 미래가 뒤죽박죽 보이는 건데 이 아이디어를 어떻게 살려서 소설로 쓰면 좋을지 몰라서……."

그 아이디어를 어떻게 활용할지 생각해보았다. 예를 들어 미래를 엿보고 누군가를 궁지에서 구해내는 식으로 전개하면 어떨까. 취했으니까 누군가를 구하러 가려 해도 비틀비틀할 테고, 차도 못 몰고, 남에게 도움을 요청해도 주정뱅이의 헛소리로 여길 것이다. 주인공에게 불리한 조건이 있는 건 바람직한 구성이다. 위기를 연

출하고 술이라는 아이템에 중요한 역할을 맡길 수 있다. 하지만 N
은 다른 방향을 원했다.

"이 능력으로 주인공이 돈을 버는 이야기는 못 만들까요?"

미래가 보인다면 그 힘을 이용해 큰돈을 벌겠다는 생각이 들 법
도 하다. 나는 몇 가지 예를 제시했다. 그중에서도 경마를 이용한
돈벌이는 현실적이라 금방 이야기를 구상할 수 있을 것 같았다.

"경마요?"

지금은 인터넷으로 간편하게 마권을 구입할 수 있다. 컴퓨터나
스마트폰만 있으면 된다. 멀리 떨어진 곳에서도 경주가 시작되기
몇 분 전에 마권을 살 수 있는 것이다. 다만 이 방법에는 협력자가
필요하다.

일단 여자가 술을 마시고 취한다. 협력자가 묻는다.

"아까 경주 결과는?"

실제로는 아직 경주가 시작되지 않았다. 하지만 '아까 경주'라
고 묻는다. 여자는 말이 도착한 순서를 말할 것이다. 협력자는 인
터넷으로 그 마권을 구입하기만 하면 된다.

게이트에 대기하고 있던 말들이 일제히 달려 나간다. 경마장은
흥분의 도가니로 변한다. 기수를 태운 말들이 코너를 돌아 직진하
고, 마침내 골인한다. 어째서인지 구입한 마권은 100퍼센트 적중
한다.

곤드레만드레

SF

"어떻게 그게 적중하는데요?"

왜냐하면 경주가 끝난 후 협력자가 술에 취한 여자에게 경주 결과를 들려주기 때문이다. 만취한 여자의 귀는 이를테면 타임 터널 같은 역할을 수행한다. 여자의 머릿속은 시간이 혼탁한 상태이므로 경주가 끝나고 들은 말을 경주가 시작되기 전 시간에 있는 협력자에게 전달할 수 있다. 만취한 여자에게는 과거도 미래도 존재하지 않을 것이다. 경주가 시작되기 전의 세상도, 끝난 후의 세상도, 여자 주위에 동등한 상태로 존재한다. 그걸 이용하면 된다.

"정말로 그렇게 해서 결과를 맞힐 수 있을까요?"

맥주에 취한 N이 반신반의하는 눈으로 나를 보았다. 차라리 내가 그 아이디어로 소설을 쓸까 제안해보았다.

"아니요, 제가 쓸게요. 아까 그 아이디어, 시도해보겠습니다!"

시도한다고? 표현이 어째 마음에 걸렸지만 그 아이디어로 집필해보겠다는 뜻이려니 했다.

청주를 몇 잔 더 마시고 술집을 나섰다. 내가 술값을 내자 N은 송구스럽다는 듯이 고개를 숙였다.

얼마 후 지인에게 N과 만났다고 하자 돈을 빌려달라고 하지 않더냐며 걱정했다. N에게는 빚이 있다고 한다. 직장도 없이 여자 친구에게 얹혀산다는 모양이다. 어쩌면 N은 소설로 인생을 한 방에 뒤바꿀 기회를 노리고 있는지도 모르겠다고 그때는 생각했다.

반년이 지났다. 그동안 연락이 없어서 N이 소설을 쓰는지 마는지도 몰랐다. N과 만난 기억도 가물가물해진 어느 날 오후, 길모퉁이에서 N과 마주쳤다. 메밀국숫집에서 나와 쏟아지는 햇살에 눈을 찡그리며 작업실로 걸어가고 있을 때였다.

"선배!"

누가 부르는 목소리에 돌아보자 검은색 고급차가 서 있었다. 운전석에 앉은 N이 고개를 꾸벅 숙였다. 깜짝 놀랐다. 그가 탄 차는 얼굴이 비칠 만큼 광택이 났다.

"이 차 어때요? 방금 인수한 따끈따끈한 새 차입니다. 제 차라고요. 선배, 할 말이 있으니까 타세요."

나를 모시겠다는 듯이 그가 뒷좌석을 가리켰다.

2

N은 차를 몰고 수도고속도로로 진입했다. 목적지는 따로 없고 새 차를 즐기기 위한 드라이브라고 한다. 가죽 시트를 씌운 뒷좌석에 앉아 운전대를 잡은 N의 손목을 보았다. 화려하고 묵직해 보이는 손목시계를 찼다. 돈이 궁하다는 소문을 들었는데 헛소문이었을까.

"선배, 요전에 도와주셔서 감사해요. 차를 산 것도 다 선배 덕분이에요."

빌딩 사이를 누비듯이 고속도로를 달렸다.

"선배가 가르쳐주신 대로 해봤어요. 마권 사는 법부터 공부했죠."

마권을 샀다고? 소설을 쓴 게 아니라?

"마권은 종류가 많더군요. 그중에서 시험 삼아 '3연단'이라는 걸 사봤어요."

3연단. 정식 명칭은 '마번 3연승 단식 승마 투표법'이다. 1착, 2착, 3착으로 들어오는 말의 번호를 순서대로 맞히는 투표법으로 적중률이 낮은 대신 높은 배당금을 기대할 수 있다. 100엔짜리 마권이 약 3,000만 엔으로 둔갑한 경주도 있었다.

"맞혔습니다. 몇 번이나요. 간단했어요. 통장 잔고가 순식간에 불어나더군요. 계좌에 입금된 배당금을 현금 입출금기로 확인하고 기계가 고장 난 줄 알았다니까요."

N이 차선을 변경했다. 늘어선 빌딩 사이로 바다가 보였다.

"제가 거짓말을 했어요. 소설을 쓰려던 게 아니었습니다. 선배에게 말한 소설 아이디어, 그거 허구가 아니었어요. 곤드레만드레 취하면 시간이 혼탁해진다는 여자는 바로 제 여자 친구입니다."

N은 지금 F라는 여자와 동거 중이다. 경제적으로도 F가 N을

뒷바라지하고 있다고 한다.

"F의 능력을 알아차린 건 1년쯤 전이었어요. 걔는 원래 술을 안 마셔요. 그런데 어느 날 제가 슬롯머신으로 엄청 땄거든요. 집에서 축배를 들려고 술을 이것저것 사 갔죠. 가게 진열대에 놓인 술을 모조리 쓸어 와서 F를 위해 칵테일을 만들어봤어요. 바에서 일한 적? 없죠. 그냥 직감으로 적당하게 섞었습니다. 그런데 F가 좋아하며 잘 마시더라고요."

그리하여 F는 곤드레만드레 취했다. 졸린지 눈을 거슴츠레 뜨고 말을 걸어도 흐리멍덩하게 반응했다고 한다.

"걔가 취한 건 처음 봤어요. 그런데 좀 있으니까 이상한 소리를 하더라고요. 제 잔을 빤히 보며 '어? 이 술잔 아까 깨지지 않았나?'라고요. 이게 바닥에 떨어져서 산산조각 나는 장면을 아까 봤다는 거예요. 술에 취해 꿈이라도 꾼 거 아니냐며 웃었죠. 하지만 아니었어요. 그 이야기를 한 지 10분쯤 지나 실수로 술잔을 떨어뜨렸거든요. 여자 친구가 말한 대로 된 거죠."

유리 조각이 바닥에 흩어졌다. F는 나른한 표정으로 그걸 바라보았다고 한다.

"그때는 우연으로 여겼죠. 하지만 그다음에도 비슷한 일이 생겼어요. 텔레비전을 보면서 앞으로 일어날 일을 먼저 맞히는 거예요. 몇 시인지 물어보니 10분 전 시간을 말할 때도 있고, 10분

후 시간을 말할 때도 있더군요. 그 후로 우리는 같이 술을 마시며 만취했을 때 F에게 일어나는 기묘한 현상을 조금씩 이해해나갔습니다."

술에 취했다가 깰 때까지 F의 의식은 시간 속을 헤맸다. 의식이 혼탁해지는 것과 비슷하다고 한다. 통제는 불가능하다. 몇 분 전과 몇 분 후가 뒤죽박죽으로 F 앞에 나타난다. 맨정신으로 돌아오면 시간이 정상적으로 흐르므로 생활에 지장은 없다. 졸음이 몰려와서 쪽잠을 자더라도 만취 상태가 이어지면 쪽잠을 잔 후의 시간도 미리 볼 수 있었다고 한다.

"희한한 일도 다 있다며 저희는 가볍게 받아들였죠. 이걸 이용해 회식 자리에서 무슨 개인기라도 보여줄 수 있으면 좋겠다, 분명 다들 신기해할 거다, 이렇게요. 그런 와중에 일이 터졌습니다. 제가 친구에게 돈을 빌린 걸 여자 친구에게 들켰어요. F는 화를 내며 저에게 취직을 하라고 했어요. 하지만 일은 하기 싫더라고요. 그러자 여자 친구가 소설을 써보는 게 어떻겠느냐고 제안했죠. 이 현상을 시간 SF에 써먹을 수 있을 거라면서요. 그 말을 듣자 선배가 생각나더군요. 예전에 선배가 집필한 작품 중에 주인공이 시간을 건너뛰어 과거로 가는 이야기가 있었잖아요. 과거로 돌아간 주인공은 주식 품목과 가격 추이를 적은 노트를 젊은 시절의 자신에게 줬죠. 그렇게 해서 큰돈을 벌려고 하는 내용이었어요. 어쩌면 저도 만취한 여자 친구에게 협력을 얻어 비슷한 일을 할 수 있을 것 같았어요."

하지만 구체적인 방법이 떠오르지 않았다. 그래서 내게 연락하여 거짓말로 상담을 받은 것이라고 한다. N은 경마를 이용한 아이디어를 전수받아 F와 즉각 실행에 옮겼다. 일단 F가 만취하도록 술을 마셨다. 앞으로 시작될 경주 결과를 물어보자 F는 개개풀어진 표정으로 숫자를 세 개 말했다. 1착, 2착, 3착 마번이다. N은 서둘러 인터넷으로 마권을 구입했고 멋지게 적중했다고 한다.

"놀라움과 기쁨으로 머릿속이 새하얘졌어요. 경주 결과를 여자 친구에게 전해야 하는데 목소리가 안 나오더군요. 다행히 텔레비전 경마 중계에서 결과가 몇 번이나 되풀이되어 나왔으니까, 여자 친구는 그걸 들은 모양이에요."

시간이 혼탁해진 F 앞에는 경주가 끝난 세상과 경주가 시작되지 않은 세상이 동시에 존재한다. F는 과거에 있는 N에게 경마 중계 정보를 넘기는 데 성공한 셈이다.

두 사람은 큰돈을 손에 넣었다. 내 아이디어로.

"여자 친구와 상의해서 선배에게 사례금을 드리기로 했어요. 선배는 돈을 받을 권리가 있어요. 저희 셋은 팀이니까요. 그렇죠?"

N은 나를 멋대로 팀에 포함시켰다. 하지만 고마웠다. 돈이 궁한 건 아니지만 입 싹 닦고 넘어가지 않는 마음 씀씀이에 기뻤다.

돈은 거절했지만.

"어, 왜요?"

차는 레인보우브리지를 달렸다. 나는 돈을 받지 않는 대신 제안했다. F를 만나게 해달라고. 미래를 들여다보는 순간을 보게 해달라고. 인간의 의식이 시간의 흐름에서 해방되는 현상이 실제로 존재한다니 참으로 낭만이 넘치지 않는가. 시간 SF라 불리는 장르를 사랑하지만 그런 현상을 실제로 목격할 일은 없으리라고 체념했다. 의식만이라도 과거와 미래를 뛰어넘을 수 있는 건 나 같은 인간에게 축복 그 자체다. 늘 꿈꾸었지만 존재하지 않는다고 여겼던 것이 별안간 손에 닿는 범위에 나타난 셈이다.

"뭐야, 정말 그 정도로 되겠어요?"

이 모든 것은 N이 꾸민 엄청난 거짓말일지도 모른다. 그러니 F와 만나면 진위를 판별할 수 있으리라.

하지만 일말의 불안이 없는 것은 아니었다. 소설 집필이 업인 탓인지 과거의 다양한 이야기를 참조하여 세상을 본다. 예를 들어 N처럼 하룻밤 사이에 일확천금을 얻은 사람이 파멸하는 내용은 고금동서에 두루 통하는 스토리다.

드라이브를 하고 며칠 후, 글이 안 써져서 작업실에서 끙끙대고 있자니 전화가 왔다. N의 이름이 화면에 떴다. F와 만나게 해주려고 연락한 걸까. 하지만 휴대전화에서 들린 그의 목소리는 절박하기 그지없었다.

"선배! 선배! 좀 도와주세요!"

몹시 동요한 듯했다. N의 목소리 너머로 여자 울음소리가 들렸다. F일까. N을 진정시키고 무슨 일인지 물었다.

"어, 뭐부터 설명해야 할지⋯⋯. 평소처럼 술에 취한 F에게 경주 결과를 전달받으려고 했는데⋯⋯ 그게 이상하게 틀어져서요⋯⋯."

두 사람은 F의 맨션에 있다고 한다. 만취로 시간을 혼탁하게 해 오늘도 떼돈을 벌 작정이었던 모양이다. 경마 중계를 보며 N이 만든 칵테일을 F가 마셨는데⋯⋯.

"대체 이게 무슨 날벼락 같은 소리인지. 제가 쓰러져 있다는 거예요."

경주 시작까지 10분 남았다. 마권 구입 마감 시간이 다가온다. N은 F에게 말들이 골인하는 순서를 물었다. 그런데 F가 느닷없이 N의 이름을 외쳤다고 한다.

"제가 바닥에 피투성이로 쓰러져서 움직이지 않는다고⋯⋯. 개가 그러는 거예요. 이거, 이상하죠?"

그러고 나서 F는 울음을 터뜨렸다고 한다. N은 얼떨떨한 나머지 마권 구입 시간을 놓쳤고 경주가 시작되었다. 돈벌이 기회를 날려 속상한 기분이 잦아들자 점차 무서워졌다. F가 본 광경이 조금 후의 미래라면 이제 자신은 피투성이로 쓰러지게 된다. N은 안절부절 어쩔 줄 몰라 하다가 나를 떠올렸다. 나라면 해결 방안을 알려주지 않을까 하는 절박한 심정으로 전화를 걸었다고 한다.

"저는 이제 어떻게 되나요? 이제 무슨 일이 일어나는 거죠?"

정보가 부족했다. 피투성이로 쓰러졌다? 다쳤나? 어디를 얼마나 다쳤지? 술에 취한 F를 바꿔달라고 했다. F와 처음으로 나누는 대화다. 휴대전화에 귀를 기울이자 훌쩍이는 소리가 났다. 이름을 부르자 술기운으로 혀가 제대로 돌아가지 않는 F의 목소리가 들렸다.

"……여, 여보세요……. 전화……, 바꿨습니다……."

나는 무엇을 봤는지 물어보았다.

"……모르겠어요. ……엄청난 피가, 아마도 N의 것 같은 피가 온 방에……. 어째서인지 저는 다른 방에서 취해 있었는데 거실로 나오자 N이 푹 엎어져 있었어요."

피가 얼마나 났는지 물어보았다. "많이요"라는 답이 돌아왔다. F는 울음을 참지 못했고 N이 다시 전화를 받았다.

"이제 어떻게 해야 할까요? 그, 제가 이제 죽는다는 뜻인가요? 여자 친구가 그런 광경을 보았으니 그런 거겠죠?"

어떨까. F의 이야기를 떠올려보았지만 N이 죽었다는 말은 한 번도 안 나왔다. 이게 중요하다. F는 N이 피투성이로 쓰러져 있 다고만 했다. F는 만취 상태에서 피투성이가 된 N을 보았다. 맥 을 짚거나 호흡을 확인했을까. 피가 나는 곳, 다친 이유 등을 파악 했을까. 원래는 F에게 자세하게 물어보아야 할 내용이다. 하지만 나는 그러지 않았다. 일부러 정보를 허술한 상태로 두었다. F에게 자세한 이야기를 들으면 미래가 그쪽으로 수렴될 것 같았기 때문 이다.

"서, 선배. 저 아직 죽기 싫어요. 선배, 저, 저⋯⋯."

N도 울음을 터뜨렸다. 다 큰 남자의 울음소리를 듣고 있으려니 혀를 차고 싶은 기분이었다.

"지금까지 번 돈의 절반을 드릴게요! 선배, 제발 살려주세요!"

⋯⋯그렇게까지 궁지에 몰려도 절반인가. N은 대학 시절부터 그릇이 작기로 유명했다. 아무것도 성취하지 못하고 늘 도중에 내 팽개친다. 우는소리를 하며 남에게 의지하지 않으면 살아가지 못 하는 인간. 하지만 나는 그런 인간에게 공감한다. 나도 그릇이 작 기 때문이다.

나는 제안했다. 일단 F에게 술을 더 먹이라고. 서둘러 F가 좋아하는 칵테일을 만들라고.

"왜요?"

F가 보는 미래는 '술에 취했다가 깨기 전'까지에 한정된다. 그렇다면 술에 취한 상태를 최대한 오래 유지하는 편이 좋다. 이대로 가만히 두었다가, 예를 들어 30분 후에 술기운이 가시면 N이 피투성이가 되는 미래는 30분 이내에 찾아오는 셈이다. 술을 계속 먹여서 취한 상태를 오래 유지하면 미래가 다가오는 걸 늦출 수 있을지도 모른다. 문제에 대처할 시간을 버는 것이다. 알기 쉽게 설명했으므로 N에게도 내 의도가 전해졌다.

"당장 만들게요!"

F는 제조법 없이 N이 직감으로 만든 오리지널 칵테일을 마셨다. 자신이 취해 있어야 한다는 것을 F도 이해한 듯하다. 혹시 F를 평생 술에 절여놓으면 파멸을 피할 수 있지 않을까? 그런 생각도 들었지만 그것이야말로 가장 나쁜 결과다. F를 불행하게 만들 바에야 N의 목숨을 희생하는 편이 나으리라.

"선배, 제가 살아날 방법이 있을까요?"

장담은 못 한다. 하지만 빠져나갈 구멍이 있을지도 모르겠다. 나는 그렇게 대답했다.

"살 수만 있다면 뭐든지 할게요."

그럼 이번 일을 소설로 써서 문예지에 실어도 될까?

"물론이죠!"

다행이다. 원고를 의뢰받았지만 쓰고 싶은 소재가 없었다. 이번 일을 소설화해도 된다면 나도 한시름 놓을 수 있다.

의욕이 생겨 앞으로의 방침을 설명했다. 뭘 보았는지 F 자신도 명확히 모르게 만드는 것이 중요하다. F는 연속성을 잃은 시간의 흐름 속에서 미래를 한 조각 목격한 것에 불과하다. N이 피투성이가 된 경위는 모르므로 부족한 정보가 곧 빠져나갈 구멍이 되는 셈이다.

"그게 무슨 뜻이에요?"

F는 N이 죽는 순간을 본 게 아니다. 피투성이로 쓰러져 있는 모습만 보았다. 그 광경과 모순되지 않는 상황을 연출한다. 구체적으로 설명하자면 가짜 피로 칠갑을 하고 바닥에 쓰러져 죽은 것처럼 연기하여 F가 본 미래를 만들어내면 된다.

"죽은 척을 해서 여자 친구를 속이라는 말씀이죠?"

F에게 들리지 않을까 걱정되어 목소리를 낮추라고 지시했다.

F가 제공한 정보는 몹시 허술하다. N이 정말로 죽었는지 아니면 살았는지, 정작 중요한 내용은 언급하지 않았다. 그렇다면 실은 N이 죽은 척한 거라고 해도 아귀가 맞을 테니 미래는 그 방향으로 수렴될 것이다.

"……알겠습니다. 해볼게요."

결의에 찬 N의 목소리가 휴대전화에서 들렸다. 하지만 얼마 지나지 않아 그 결의는 헛수고로 끝난다.

F는 새벽 2시에 시체를 발견했다. 칵테일을 마시고 취한 게 전날 오후 2시였다고 들었다. 잠든 시간도 포함해서 F는 약 열두 시간이나 취해 있었던 셈이다. F는 그날 무엇을 보았을까. 사건이 발생하고 얼마쯤 지나 드디어 본인에게 직접 이야기를 들었다.

4

나는 진보초의 카페에 있었다. 어스레한 카페에는 담배 연기가 안개처럼 자욱했다. 커피를 마시고 있자니 문이 여닫히며 젊은 여자가 들어왔다. 여자는 이리저리 둘러보다가 내게서 시선을 멈추었다.

"시간 내주셔서 감사합니다."

F가 다가와 고개를 숙였다. 귀엽고 상냥하게 생긴 사람이다. 맞은편 자리를 권했다. 만나고 싶었던 건 나도 마찬가지다. 그날 무슨 일이 있었는지 자세하게 듣고 싶었다.

"저는 아직 그를 사랑해요."

F가 눈물을 글썽였다. N이 없는 생활이 아직 익숙하지 않은 모양이다.

"시간이 혼탁해지면 눈과 귀가 갑자기 멍해지고 스며 나오듯이 눈앞에 다른 장면이 펼쳐져요. 그날, 피투성이로 쓰러진 그를 봤어요. 경마가 시작되기 직전이었죠."

그것은 열두 시간 후에 찾아올 미래의 짤막한 영상이었다. 모든 일이 끝나 상황을 전체적으로 조감할 수 있게 되자 드디어 이해가 갔다.

그 후에 N이 내게 연락했다. 앞으로 어떻게 할지 상의한 다음 나는 가짜 피를 만드는 방법을 인터넷으로 급히 조사했다. 필요한 재료는 빨간색 식용 색소와 벌꿀 또는 물엿. N은 재료를 사러 나갔다.

"제가 할 수 있는 일은 술에서 깨지 않는 거였어요. 침실로 가서 N이 만든 칵테일을 마셨죠. N은 술을 더 사 오겠다며 나갔는데 실은 가짜 피를 만들 재료를 사러 나갔다는 걸 나중에 알았어요. 저는 음악을 들으며 불길한 광경을 머릿속에서 떨쳐내려고 애썼어요. 평형 감각을 잃어서 제대로 서 있기도 힘들 지경이었죠. 방과 천장이 바닷속에서 흔들리는 해초처럼 느릿느릿 구불댔고 제의식은 몇 번이고 시간을 이리저리 뛰어넘었어요."

F가 듣고 있던 음악이 어느새 바뀌었다. 후렴구가 나오기 전에

다른 곡으로 바뀐다. 음악이 저절로 넘어간 것이 아니다. F가 다른 시간으로 이동해 음악이 도중에 끊긴 것처럼 느낀 것이다. F가 취한 자세에도 변화가 있었다고 한다. 침대에 누워 있었는데 어느 틈엔가 바닥에 앉아 있었다. 다음 순간 방금까지 밝던 창밖이 어두워졌다. 곤드레만드레 취한 F는 그날 오랫동안 침실에 머물며 다양한 시간을 토막토막 목격했다. 그러다가 마침내 아까 그 불길한 상황을 다시 보고 말았다.

"분명 침실에서 음악을 듣고 있었는데 어느덧 거실에 서 있더라고요. 눈앞에는 남자 친구가 피투성이로 쓰러져 있었고……."

이번에는 N에게 다가가 몸을 흔들었다고 한다. 울면서 이름을 불렀다. N의 몸은 이미 싸늘하게 식었다. 분명히 죽어 있었다고 했다. 목에 칼을 맞은 자국도 확인했다. 경동맥에서 뿜어져 나온 피가 천장까지 튀었다고 한다. 살았는지 죽었는지 모호한 상태로 유지되던 N의 미래는 F의 관측에 의해 파멸로 수렴되었다.

"영화 〈미치광이 피에로〉에서 장폴 벨몽도가 얼굴을 파란색으로 칠했잖아요. 그걸 빨간색으로 바꾼 것처럼 온 얼굴이 피범벅이었어요."

F가 본 건 고작 십수 초의 미래에 불과했다. 그래도 나와 N의 계획을 좌절시키기에는 충분했다. 누워 있는 건 가짜 피로 위장한 N이 아니라 진짜 시체였으니까.

N이 가짜 피 재료를 사서 돌아오자 F는 자기가 본 미래를 말했다. 목에 칼을 맞아 과다 출혈로 사망. 다시 내게 전화했을 때 N의 목소리는 바들바들 떨렸다.

"선배, 저는 역시 죽는 거죠?"

허술했던 정보가 보충되어 빠져나갈 구멍이 막혔다. 설명을 들으며 나는 머리를 감쌌다.

나는 침묵을 지키다가 새로운 의견을 내놓았다. F를 다른 방으로 데려가고 술에서 깨지 않도록 칵테일을 많이 만들어서 줄 것. 그리고 재빨리 여행 채비를 해서 멀리 달아날 것. 미래가 수정될 가능성에 기대를 걸었다. 시간을 주제로 하는 창작물에서 등장인물이 목격한 광경은 결코 고정된 미래가 아니다. 주인공들의 행동에 따라 세계선(공간좌표와 시간좌표에 그려지는 물리적인 사건의 궤적—옮긴이)이 변경되어 미래가 달라질 수도 있다.

F가 본 영상에서 N은 F의 맨션에서 죽었다. 그럼 당장 맨션을 벗어나 이삼일 돌아오지 않으면 어떨까. F가 술에 취해 있는 동안 집에는 얼씬도 하지 않는다. 그러면 N이 맨션에서 죽는 상황은 일어나지 않을 것이다.

"……해볼게요."

N은 여행 가방에 옷가지와 지갑을 챙긴 후 F가 오래 취해 있도록 칵테일을 몇 잔 더 만들어놓고 맨션을 나섰다.

"N이 나가는지 문이 여닫히는 소리가 들렸죠. 저는 시킨 대로 침실에서 술을 계속 마셨고요. 그러다 졸음이 몰려와서 잠들어버렸어요……."

미래는 F가 본 광경으로 수렴될 것인가, 아니면 우리가 의도한 대로 비틀릴 것인가. 말 그대로 도박이었다. 조그마한 인간이 운명이라는 거대한 흐름을 과연 얼마나 거스를 수 있을지는 미지수였다. N이 밖으로 나갈 때 나는 솔직하게 말했다. 아무리 멀리 달아나도 안심할 수 없다. 시간이 내포한 강제력에 휘둘려 우리 의사와는 무관하게 꼼짝없이 집으로 돌아와 사신에게 목을 베일지도 모른다. 그래도 살아남으려면 맞서야 한다.

"알겠습니다. 선배, 고마워요. 열심히 발버둥 쳐볼게요."

그 대화를 마지막으로 전화가 끊겼다. 이쪽에서 전화를 걸어도 연결되지 않아 작업실에서 N의 보고를 기다렸다. 하지만 밤이 되도록 연락이 없었다. 일이 손에 잡히지 않았지만 그렇다고 술을 마시기도 망설여져 작업실 창문으로 밤거리를 내려다보았다.

다음 날 아침, 경찰에게 전화가 왔다. 나는 이번 일이 파멸로 마무리되었음을 알았다.

F는 지금도 N을 사랑한다고 말했다.

"한밤중에 깨서 시체를 발견한 순간은 마치 기나긴 데자뷔 같았어요. 혼탁한 시간 속에서 본 광경과 똑같았죠. 침실에서 거실로 나갔어요. 그러자 거기, 그 끔찍한 광경이……."

목에 칼을 맞은 시체가 틀림없는 현실로 F 앞에 있었다고 한다. 술에 취한 상태에서 보았을 때와 똑같이 울면서 N의 이름을 부르고 몸을 흔들었다.

"하지만 제가 착각했더라고요. 얼굴이 피범벅이라 바로 알아보지 못했던 거죠. 피로 굳은 머리카락을 만졌을 때 비로소 귀 모양이 다르다는 걸 알아차렸어요."

나는 N에게 집에서 멀리 달아나 절대로 돌아오지 말라고 충고했다. 하지만 경찰 수사에 따르면 N은 내 충고를 무시했다. 집을 나선 N은 대학 시절 지인에게 차례차례 연락하여 S의 현주소를 물어보았다고 한다. S는 내 대학교 동기로, 나는 당시 녀석에게 자주 노트를 빌렸다. N과 알게 된 것도 어떻게 보면 다 S 때문이다. 두 사람은 얼굴이 아주 닮았다. 이야기를 하지 않으면 다른 사람인지 모를 만큼.

S는 대학교를 졸업하고도 여전히 도내에 살았다. N은 친구에게 정보를 얻어 몇 시간 후에 S와 접촉을 꾀했다. S는 사업이 잘 풀리지 않아 금전적으로 궁핍한 상태였다. N은 돈을 주겠다며 부탁을 하나 했다.

"생일을 맞은 여자 친구에게 깜짝 파티를 해주고 싶어요. 저랑 똑 닮은 사람이 필요한데, 갑자기 죄송하지만 집에 좀 같이 가주시면 안 될까요?"

N은 S와 함께 택시를 타고 F의 맨션으로 돌아갔다. 조용히 집에 들어가서 옷을 바꾸어 입고 거실로 갔다. 그리고 식칼로 S의 목을 그었다. 동맥에서 뿜어져 나온 피가 천장까지 튀었다. F는 침실에서 곯아떨어져 아무 소리도 못 들었다고 한다.

새벽 2시, F의 신고를 받고 경찰이 출동했다. 얼마 지나지 않아 근처 공원에서 N을 발견하여 신병을 구속했다. N이 비통해하기는커녕 눈을 빛내며 만족한 듯한 표정을 지었으므로 경찰들은 야릇한 기분을 금할 수 없었다고 한다.

F가 커피를 입에 댔다.

"이제 N을 면회하러 갈 거예요. 술에 취하면 미래가 보인다는 걸 경찰이 끝까지 믿어주지 않아서 조금 유감이에요. 몇 번을 말해도 안 통하더라고요. 이상한 약을 하는 게 아니냐고 의심해서 검사까지 받았어요."

N의 범행 동기 때문에 경찰은 골치를 앓고 있다. 왜 S를 죽여야 했는가. N과 F가 술에 취하면 시간이 혼탁해지는 현상을 설명했지만 경찰은 사건의 충격으로 정신이 이상해진 것이라 판단하고 무시했다. 대신에 보수를 줄 테니 자신과 같이 가달라고 한 N의

제안에 주목했다.

S를 맨션에 데려간 후 금전 문제가 싸움으로 발전해 우발적으로 살해한 것 아닐까? 현실적이고 단순하므로 경찰 관계자들도 이 가설에 구미가 동한 모양이었다. S라는 인물의 성향도 이 가설의 신빙성을 높였다. S는 이전에도 금전 문제를 일으켰고, 다혈질이라 가족에게도 폭력을 행사했다고 한다.

피해자 S는 불운한 남자다. 사건에 대해 듣자 나는 가슴이 아팠고 남겨진 S의 처자식에게도 미안했다. 그와 함께한 학창 시절이 생각나 우울해졌다. F도 그의 죽음에 책임을 느끼고 가족에게 거액의 배상금을 지불하기로 했다. 경마로 번 돈은 대부분 배상금에 쓴다고 한다.

"그런데 신기한 일도 다 있죠."

F가 고개를 갸웃했다.

"그런 일을 겪었으니 다시는 술을 마시지 않기로 했어요. 하지만 딱 한 번, 시간이 정말로 혼탁해진다는 걸 증명하기 위해 형사님들 앞에서 취할 필요가 있었죠. 특별히 음주 허가가 떨어져서 경찰서에서 술을 마셨어요. 하지만 시간은 뒤섞이지 않았죠. 몸을 비틀거릴 지경이 되어도 시간은 연속성을 유지해서…… 이제 그 힘은 사라졌는지도 모르겠네요."

"그때 마신 술은 뭐였죠?"

"슈퍼에서 파는 캔 칵테일이요."

나는 잠시 생각하다가 어떤 가설을 떠올렸다. 어쩌면 처음부터 F에게 미래를 보는 능력은 없지 않았을까.

"하지만 어마어마한 확률로 마번을 맞혔는데요."

"그러니까 특별한 능력은 N에게 있었던 것 아닐까요."

"N에게요……?"

취해서 시간이 혼탁해질 때 마신 술은 언제나 N이 만든 칵테일이었다. F는 그것 말고 다른 술을 마신 적이 없다. N이 체포된 후 술에 취해도 미래가 보이지 않은 건 시판되는 술을 마셨기 때문 아닐까. N이 다양한 술을 적당히 섞어서 만든 칵테일이 사람의 의식을 시간에서 해방시키는 타임머신이었다면?

F는 복잡한 표정을 지었다. 당장이라도 웃음과 울음을 동시에 터뜨릴 것 같은 표정이었다. 당분간은 확인이 불가능하다. N은 체포 후 병원에 수감되었고 술 이야기가 나오면 귀를 틀어막았다. 그래도 정신 상태는 안정적이며 예전보다 표정이 편안해졌다고 한다.

"그 칵테일의 제조법이 남아 있어 누구나 만들 수 있다면 그야말로 대발견이었겠죠. 하지만 그런 술은 없는 편이 나아요. 그러니까 이제 됐어요."

F는 그렇게 말하고 일어섰다. 면회할 시간이 다 되어간다고 했

다. 커피는 내가 사기로 했다. F는 내게 고개를 숙인 후 카페 문을 열고 밝은 햇살 속으로 나갔다.

이불

속의

우주

1

소설가라는 인종은 초자연 현상을 겪는 비율이 높다. 정신을 예리하게 다듬어 집필하다 보면 일상생활을 하며 굳어진 마음의 껍데기가 떨어져나가고 그 틈새로 영적인 존재가 스며든다고 한다. 나 역시 작가 나부랭이다. 동료 작가와 교류하며 그들이 체험한 기묘한 일을 자연스레 얻어들었다. 소개할 수 없는 이야기도 있지만 문제가 없는 범위 내에서 몇 가지는 기록으로 남겨두고자 한다. 이번에는 T에 대한 이야기다.

T의 책은 약 10년 전에 마지막으로 출판되었다. 그의 작품은 잘 팔리지 않았어도 비평가에게 호평을 받았고 동종업자들 중에도 팬이 많았다. 일찍이 미대에서 유화를 전공했다는데 그래서인지 그의 소설을 읽으면 이야기 속 정경이 선명하게 머릿속에 떠오른다. 이 세상 어디도 아닌 별세계를 무대로 삼아 집필할 때 그의 풍경 묘사는 빛을 발한다. 단적인 말을 이어 붙여 양감과 질감이 넘치는 세상을 자아낸다. 그는 마치 화가처럼 소설을 집필했고 인상적인 장면은 독자의 가슴속에 영원히 새겨졌다. 아쉽게도 증쇄가 여의치 않았던 건 내용이 모호하여 전체적인 스토리를 이해하기 힘들었던 탓이리라.

술자리에서 보았을 때 T는 소설이 써지지 않아서 힘든 듯했다. 인세도 더 들어오지 않아 가족에게도 버려질 것 같다고 자조했다. 그에게는 부인과 중학생 딸이 있었다.

"실은 여기에도 참석하기 싫었어요."

T는 퀭한 눈으로 우리를 보았다. 광채 없이 흐린 눈에 죽음의 기운이 감돌았다. 작가만 모이는 술자리에서 10년 가까이 책을 내지 못한 참석자는 그 혼자였다.

"비참해질 테니 거절하려고 했지요. 그런데 딸아이가 N 씨의 사인을 받고 싶어 해서."

N은 쓰는 족족 베스트셀러에 오르는 작가로 중고등학생에게

인기가 많다. 손이 빠른 것으로도 유명하여 1년에 다섯 권 이상은 출판했으리라. T는 N이 참석한다고 해서 온 것이다. 그는 가방에서 종이와 필기구를 꺼내 N에게 사인을 받았다.

"고마워요, N 씨……."

T는 종이를 소중하게 끌어안고 고개를 숙였다.

우리는 T에게 슬럼프의 원인이 무엇인지 물어보았다.

"쓰고 싶은 걸 다 썼나 봅니다. 이제 아무것도 머릿속에 떠오르지가 않네요."

술자리에 참석하고 얼마 지나지 않아 T의 부인은 이혼을 요구했다고 한다. 알고 지내는 편집자에게 들었다.

어느 날 갑자기 이유도 없이 소설이 안 써질 때가 있다. 나도 슬럼프를 겪어봤다. 내가 쓴 소설이 재미없게 느껴져서 의욕을 상실하자 글이 나오지 않았다. 소설을 못 쓰는 작가는 무직자다. 저금은 줄고, 돈 들어올 구석은 없고, 이제 와서 다른 직업을 찾기도 애매하다. 뭐든 좋으니 어떻게든 쓰려고 컴퓨터 앞에 앉아보지만 몇 시간이 지나도록 한 줄도 안 나온다.

글이 안 써질 때의 대처법은 작가들이 모이면 반드시 거론될 만큼 인기 있는 화제다. 어떤 사람은 집필을 잠시 중단하고 영화나 음악에 빠진다. 어떤 사람은 조깅 등의 운동으로 기분을 전환한다. 집필에 사용하는 문서 프로그램을 바꾸는 사람도 있거니와 아예 볼펜으로 써본다는 사람도 있다. 저마다 다양한 기분 전환법을 고안하여 슬럼프라는 악마에 대항한다.

하지만 T는 10년이나 심각한 슬럼프에 시달렸으니 어지간한 방법으로는 탈출할 수 없을 것이다. 어쩌면 더는 소설을 쓰지 않고 출판계에서 사라질지도 모르겠다는 예감이 들었다. 나뿐 아니라 동종업자들도, 편집자도, 일찍이 그의 책을 읽은 독자마저도 그렇게 생각했으리라.

그런데 어느 날, T가 신작 단편 소설을 발표한다는 정보를 들었다. 한 문예지에 일회성으로 실린다고 한다. 친하게 지내는 작가의 트위터로 그 사실을 알고 평소에는 사지 않는 그 문예지를 구입했다.

분명 T의 작품이 실렸다. 틀림없이 그의 문장이었다. 이 세상이라고도 저세상이라고도 할 수 없이 몽롱한 세상을 헤매는 사람들의 이야기다. 스토리라인은 변함없이 모호했지만 엄선된 단어들이 내 머릿속에서 독특한 세계관을 구축했다. 보라색 밤, 금색 보리밭, 등장인물들이 보는 풍경이 문장 저편에서 현실 세계로 넘실넘실 밀려왔다.

나는 흥분하여 T에게 문자메시지로 감상을 보냈다. 그가 다시 소설을 썼다. 짧지만 완성했다. 참으로 경사였다. 어떤 경위로 슬럼프를 탈출했는지도 물어보았다.

다음 날 T에게 답장이 왔다.

감상 들려주셔서 고맙습니다. 지금은 다음 작품을 쓰는 중이에요. 글 쓰는 게 이렇게 신난다니. 다음에 꼭 한번 봅시다. 최근에 이상한 일을 겪었는데 남한테 말하고 싶어서 입이 근질근질하네요. 제가 다시 소설을 쓰게 된 것과도 관련이 있는 일입니다.

나는 T에게 식사를 대접하기로 했다. 슬럼프라는 병에 잘 듣는 약을 알려준다면 밥값 정도는 별것 아니다.

2

나와 T는 기치조지역 북쪽 출입구에서 만나 술집으로 향했다. 맥주를 마시며 잡담 겸 근황 보고를 마치고 요전에 발표한 단편 이야기를 나누었다. 아직 반응이 그렇게 많이 들리지는 않는 모양인데 젊은 시절에 T의 작품을 읽었다는 독자가 열띤 응원의 메시지를 편집부에 보냈다. 담당 편집자가 출력하여 T에게 읽어주었다고 한다.

"……정말 감격했죠. 아아, 맥주 참 맛있네요."

T의 얼굴은 밝았다. 예전에 느꼈던 죽음의 기운은 완전히 사라졌다.

"다 그 이불 덕분입니다."

그는 그렇게 말했다.

이불? 나도 모르게 되물었다.

"잘 때 덮는 이불이요. 자취를 시작해서 중고 이불을 구입한 게 다시 소설을 쓰게 된 계기입니다."

맥주가 들어가자 가볍게 술기운이 돌았다. 술집은 시끌벅적했다. 옆자리의 웃음소리 때문에 T의 말이 잘 안 들릴 때도 있었다. 나는 그의 목소리에 귀를 기울였다. 그가 중요한 이야기를 시작했다는 것을 알았기 때문이다.

"이미 들으셨을지도 모르지만, 아내가 이혼을 요구해서⋯⋯. 일도 제대로 안 하고 집에만 처박혀 있으니 정이 떨어졌겠죠. 어쩌겠어요. 살던 집은 아내와 딸에게 넘겨주고 저는 옷가지와 필기도구, 휴대전화만 챙겨서 나왔습니다."

T는 일단 주오선 근처에서 저렴한 셋방을 찾아 계약했다고 한다. 보증인은 담당 편집자에게 부탁했다. 허름한 목조 연립주택의 두 평 반짜리 방으로 화장실은 공용이며 욕실은 없다. 땀이 나면 수도에서 나오는 물로 몸을 닦는다고 한다.

"휴대전화도 해약할까 고민했는데 놔두기를 잘했네요. Y 선생님에게 문자메시지로 감상문을 받았을 때는 울 뻔했습니다."

Y 선생님은 나다. 동료 중에 제일 먼저 감상을 보낸 사람이 나였다고 한다.

"첫날에는 이불 없이 잤습니다. 옷가지가 든 가방을 베개 삼아 방바닥에 누웠죠. 만약 겨울철이었으면 고생했을 거예요."

T는 전처에게 연락하여 이불만이라도 가지러 갈까 망설였다. 하지만 그렇게 하면 이불을 껴안고 전철로 이동해야 하므로 마음이 무거웠다고 한다.

"생활용품을 사려고 근처 중고 매장에 갔습니다. 방에 아무것도 없어서 필요한 게 많았죠. 매장을 둘러보며 안쪽까지 갔는데 중고 이불 세트가 있더라고요."

먼지가 앉지 않도록 반투명한 비닐로 싸여 있었는데 가격표를 보고 놀랐다. 안 팔려서 거추장스러우니 누구든 빨리 가지고 가라는 것처럼 싼값이었다.

"살펴보니 멀쩡한 것 같아서 샀습니다."

주홍 요가 포함된 이불 세트로, 전통 문양이 수놓아져 있어 고풍스러운 저택에서 사용했을 법한 인상이었다. T는 이불 세트를 끌어안고 연립주택으로 돌아왔다.

"그때 이불을 사지 않았다면, 중고 매장에 가지 않았다면 저는 소설을 쓰지 않는 인생을 선택했겠죠. 이 나이를 먹고도 고용해줄 만한 직장을 찾아서 살았을 겁니다. 아니, 직장도 못 구하고 비참하게 죽었을지도 모르죠. 고독에 지쳐 목을 맸을 수도 있고요."

창가에서 들어오는 볕에 이불을 말린 뒤 밤에 덮고 잤다. 체온으로 이부자리가 점점 따뜻해졌다. 방바닥에 직접 누웠을 때와는 느낌이 완전히 다르다. 몸 접촉면에 가해지는 압력이 분산되어 마치 거대한 손바닥 위에 누워 있는 듯한 기분이었다고 한다.

나 같으면 찝찝해서 중고 이불은 안 쓴다. 누가 덮고 자다가 죽은 이불을 유족이 중고 매장에 팔아넘겼을지도 모르지 않은가. 그런 이불을 덮고 자면 재수가 없을 것 같다. 하지만 병원에서도 환자가 죽을 때마다 이불을 폐기하지는 않을 테니 내 생각이 지나친 걸까.

나는 이야기를 들으면서 추가로 주문한 맥주를 마셨다. 술기운이 올라 기분 좋게 정신이 알딸딸해졌다. T의 눈빛이 어느덧 형형해졌다.

"그날 밤, 이불 속에서 가물가물 잠에 빠졌습니다. 그때 발끝에 뭔가가 닿았습니다."

닿았다고?

"털이 북슬북슬하니 따뜻했죠. 이불 속에서 몸을 말고 자는 개나 고양이한테 발끝이 닿으면 딱 그런 느낌일 겁니다. 턱이 북슬북슬한 그것은 놀란 듯이 몸을 비틀어 이불 저편으로 달아났습니다. 저는 벌떡 일어나서 불을 켜고 이불을 걷었죠. 하지만 동물은 어디에도 없었어요. 방 어디에도요. 문과 창문을 꼭 닫았으니 방에서 도망칠 수도 없었을 텐데 말입니다. 꿈이라도 꿨겠거니 했어요. 하지만 아니었습니다. 다음 날도, 그다음 날도, 이불을 덮고 잘 때마다 발끝에 뭔가가 닿았습니다……."

3

농담을 하는 걸까. 하지만 T는 아주 진지한 표정이었다.

"기묘한 일이 일어나고 있다는 걸 처음으로 자각한 건 둘째 날 밤이었습니다. 전처와 딸을 생각하며 이불 속에 누웠죠. 까무룩 잠이 들려는데 따뜻해진 발끝에서 간지러운 감촉을 느꼈습니다. 보리 이삭이 발가락을 스치는 것처럼 간질간질하더군요. 공중그네에 앉아 보리밭 위를 지나가며 늘어뜨린 발에 이삭이 닿는 모습을 상상해보십시오. 그야말로 껄끔껄끔하면서도 부드러운 느낌이 피부 신경을 자극하더군요. 놀라서 이불을 젖혔죠. 볕에 말릴 때 보리 이삭이 바람에 날려와서 붙었나 싶었어요. 하지만 불을 켜고 확인해도 아무것도 없었습니다."

T는 자리에서 일어난 뒤에도 한동안 발에 남은 감촉을 맛보며 머릿속으로 상상했다. 한없이 펼쳐진 황금색 보리밭을. 밤마다 비

숫한 일이 생겼다. 이불 속에 누워 잠기운에 취하면 뭔가가 이불 아래에서 나타나 발끝에 닿았다.

"마치 이불 속이 다른 행성과 연결된 것 같은 느낌이었어요. 용비늘을 연상시키는 딱딱하고 뾰족뾰족한 피부가 발바닥을 할퀴듯이 휙 지나간 적이 있습니다. 어떤 밤에는 이끼가 끼고 물방울이 묻어 서늘한 바위에 발끝이 닿은 적도 있고요. 한동안은 놀라서 바로 이불을 젖히고 아무것도 없는 걸 확인했지만 언제부터인가 익숙해져서 감촉을 즐길 여유가 생겼습니다."

T는 그러한 체험을 자세하게 기록하기로 했다. 피부로 느낀 감각과 그때 가슴속에 피어오른 감정을 적어놓고 읽을 때마다 그날을 떠올린다. 그게 창작의 재활 훈련이 되었는지도 모르겠다.

"그 이불은 순간 이동 장치 같은 것일지도 모르겠어요. 요와 이불 사이에 누우면 발끝이 낯선 곳으로 튀어 나가는 거죠. 아니면 제 마음속 깊은 곳에 있는 세상이 비몽사몽간에 현실이 되어 이불 속에서 나타나는 걸까요? 꿈과 현실의 경계선이 이불 속에서 모호해지는 건지도 모르겠습니다."

T는 이불 속에 펼쳐지는 별세계를 몽상했다. 거기는 어떤 곳일까. 어떤 생물이 살고 어떤 경치가 펼쳐질까. T는 가족이 없는 단칸방에서 홀로 오랜 시간 공상 속 여행을 즐겼다.

"어느 날 문득 욕심이 생겼습니다. 저만 알고 있는 이 세상을 창작물로 남기고 싶다는 욕심이요."

　이야기의 싹과 마주쳤을 때 우리, 즉 작가는 행복에 휩싸인다. 아무것도 없는 암흑 속에서 떠올라 어슴푸레한 상태로 작가의 의식 주변을 떠도는 그것은 즉시 양손으로 붙잡아 소중하게 끌어안지 않으면 연기처럼 사라진다. 그런 이야기의 싹이 T에게도 나타난 것이다.

　"오랫동안 잊고 있던 기분을 맛봤어요. 글을 쓰고 싶다는 충동이 몸 한가운데를 꿰뚫었습니다. 화가라면 머릿속에 깃든 그 세상을 그림으로 표현했겠죠. 음악가는 음악으로, 안무가는 춤으로, 조각가는 조각으로 우리 세상에 남겼을 겁니다. 하지만 제게는 글이 전부였으니까요."

　부담은 있었다. 하지만 이 충동이 사라지기 전에 빨리 써서 남겨야 한다는 조급함이 T를 움직였다. 당시 그에게는 필기구와 노트밖에 없었다. 플롯을 짜는 성격은 아니다. 글은 자연스레 시작되어 자연스레 가야 할 방향으로 나아간다. 등장인물에게 생명이 움터 T가 등장인물을 움직이는지, 등장인물이 T를 움직이는 건지 모를 지경이었다고 한다.

　"밤중에 시작해서 다 쓰고 나니 하늘이 희붐하게 밝았습니다."

　10년 만에 나온 T의 신작은 하룻밤 사이에 완성되었다고 한다. 그의 초기작과 비교하며 읽어보았는데 촉각을 환기하는 묘사

가 늘어난 것 같았다. 독자는 그러한 묘사를 통해 작품 세계를 체
감하고 박진감을 얻었다. 주인공이 맨발로 땅을 걸을 때 건조하고
울룩불룩한 흙 거죽이 부스스 무너져 내리는 감촉, 이끼로 덮인
동굴을 나아갈 때 몸에 떨어지는 물방울의 차가운 감촉, 발가락
사이에 이끼가 낄 때 전해지는 간지러움. 독자는 어느새 주인공과
한몸이 되어 T의 세계관을 공유한다.

　이불 이야기는 진짜일까? 허풍일 수도 있다. 하지만 그가 오랜
슬럼프에서 빠져나와 단편 소설을 완성한 건 틀림없는 사실이며,
애당초 나는 체험담의 진위에 그다지 연연하지 않았다. 기회가 있
다면 그 기묘한 이불을 한번 보고 싶다는 호기심이 생긴 정도다.
결국 그럴 기회는 없었지만.

4

　복귀 후 T의 두 번째 작품은 이 세상에서 소외된 고독한 남자가
주인공이었다. 많이 배웠지만 낯을 가리고 요령이 좋지 못해 직업
도 없다. 사랑하는 사람에게 배신당하고 세상의 변방으로 몰린 후
별세계를 헤매는 내용이다. 주인공에 T가 겹쳐 보였다.

　마찬가지로 묘사가 빼어나게 생생했다. 주인공의 피부를 간질

이는 바람의 습도와 냄새, 별세계에서 마주친 동물들의 부드러운 털. 전부 문자로 담은 소설 속 정보에 지나지 않는데도 직접 체험한 일처럼 묵직하게 머릿속에 전해진다.

주인공은 별세계에서 괴이한 동물들에게 습격당해 다친다. 공포와 통증 묘사가 목숨을 잃을 위기에 처했음을 실감 나게 전달하여 스릴을 자아낸다. 괴이한 동물들의 포효가 독자를 뼛속까지 얼어붙게 만들고, 질질 흐르는 침 냄새가 문장 너머에서 풍겨온다. 그러므로 주인공이 위기를 극복했을 때의 카타르시스를 직접 느낄 수 있다.

T와 정기적으로 기치조지의 술집에서 만났다. 두 번째 작품도 재미있었다고 감상을 들려주고 맥주를 마시며 이불에 대해 질문했다. T도 내내 입이 근질근질했던지 신나게 말을 꺼냈다.

"밤마다 뭔가가 있습니다. 어젯밤은 이불 속에서 바람이 불더군요. 사막에서나 불어올 법한 뜨거운 바람이요. 발 저편 어둠 속에서 불어와 이불을 덮은 제 몸을 타고 겨드랑이 아래와 목덜미를 핥듯이 지나갔습니다."

T가 중고로 구입한 이부자리 세트. 납작한 직사각형 이불 두 장 사이에 T가 누우면 별세계로 통하는 터널이 완성된다. 그나저나 그 이불의 정체는 대체 뭘까? 이불의 내력이 궁금했다.

"저도 조사해보려고 했어요. 그걸 구입한 중고 매장에 문의했죠. 하지만 예전 주인이 누군지는 가르쳐주지 않았습니다."

원념이나 저주가 남아 있는 것은 아닐까. 이불 홑청 속에 수상한 부적이 들어 있지는 않을까.

"홑청을 뜯어서 확인해보고 싶기도 해요. 불길한 물건이 깃털과 함께 들어 있을지도 모르죠. 그래서 기묘한 현상이 일어나는 걸 수도 있어요. 하지만 홑청을 뜯었다가 별세계로 이어지는 통로가 닫히면 어쩌나 불안해서 확인을 못 하겠습니다."

어디서 만들었는지는 모르지만 겉모양은 평범하다. 그 이불이 있는 한 T가 슬럼프에 빠질 일은 두 번 다시 없을 듯했다. 그는 영감의 원천을 손에 넣었다.

T가 술잔을 비우고 맥주를 추가로 주문했다. 그러다 갑자기 아픔을 참는 듯한 표정을 지었다. 미간에 주름을 잡고 발목을 힐끔거렸다. 왜 그러느냐고 물어보았다.

"다리를 조금 다쳐서요."

T가 바짓자락을 걷어 올리자 발목에서 종아리까지 무수한 바늘로 찌른 듯한 상처가 나타났다.

"거의 나았어요. 이것도 이불 속에서 나타난 뭔가의 소행이죠. 어느 밤에 그놈이 다리를 붙들고 늘어지더라고요. 촉수 같은 것에 붙잡혀서 끌려갈 뻔했다니까요. 황급히 이불을 걷자 사라졌지만요. 붙잡힌 부분이 따끔따끔 아프더니 한때는 빵빵하게, 거의 공처럼 부어올랐습니다."

그는 기쁜 표정으로 말했다.

"이 경험도 소설의 밑거름이 될 겁니다."

이불 속에서 나타난 존재에게 습격을 당한 건 처음이 아니라고 한다. 뭔가에게 발끝을 깨물린 적도 있고, 침이 묻어 엄지발가락 지문이 녹은 적도 있다. 두 번째 작품에 등장한 괴이한 동물은 이불 속에서 체험한 일을 바탕으로 묘사했으리라.

나는 그때까지 T의 이불 이야기를 즐겁게 들었다. 하지만 바늘로 마구 찌른 듯한 상처를 실제로 보자 마음이 뒤숭숭했다. 웃어넘길 수만은 없는 일이라 걱정되었다. T는 그 상처마저도 사랑스럽다는 듯이 바라보았고 나는 으스스하게 느꼈다.

"다음에는 연애 소설을 써볼 생각입니다."

마지막으로 만났을 때 T는 그렇게 말했다. T의 작품에는 연애 요소가 희박하다. 주인공은 대개 남자다. 여자도 등장하지만 작품에서 중요한 위치를 차지하지는 않는다.

"주인공이 운명의 여자와 만나 사랑에 빠지는 이야기를 써보고 싶네요."

맥주를 마시다 나온 이야기였다. 왜 느닷없이 그런 마음이 든 걸까. 생소한 분야에 도전하는 건 좋지만 그런 마음을 먹기가 쉽지는 않았을 것이다. 이번에도 이불과 관계가 있는 걸까.

"네, 맞습니다. 이불이 계기예요. 아내와 이별하여 자취를 시작한 뒤로 딸하고도 만난 적이 없습니다. 한동안 이성을 향한 불신을 지울 수 없었거든요. 그런데 최근에 정기적으로 찾아옵니다. 이불 속에서, 여자가요."

여자?

"이불을 덮고 잠이 들락 말락 하는데 발목에 서늘한 손이 닿았습니다. 분명히 사람 손이었어요. 가느다란 손가락이 종아리를 쓸고 올라와서 무릎 언저리를 어루만지다가 넓적다리 쪽으로 미끄러져 들어갔습니다."

팔이 다리에 엉겨 붙고 부드러운 가슴의 감촉이 발끝에 느껴졌다고 한다.

"그제야 그게 여자인 걸 알았습니다. 여자는 제 몸에 밀착해 서서히 머리 쪽으로 올라왔어요. 긴 머리카락이 발가락 사이를 스르르 빠져나갔죠. 여자는 알몸이었는데 살결이 부드럽고 탄력이 있는 걸로 보아 20대가 아닐까 싶어요. 허리가 가느다라니 마네킹 같은 몸매였습니다. 하지만 흥분되기는커녕 겁이 덜컥 났죠. 벌떡 일어나서 이불을 젖히고 불을 켰습니다."

이불 속에는 아무도 없었다. 그 후로 매일같이 여자가 이불 속에서 나타난다고 한다.

"처음에는 오싹했어요. 동물이나 식물의 감촉이면 차라리 낫죠. 인간이 이불 속에 숨어들 줄은 생각도 못 했습니다. 하지만 저를 해칠 생각이 없다는 걸 알자 오히려 사랑스럽게 느껴지더군요."

여자는 T에게 아무 짓도 하지 않았다. 이불 속에서 다가와 한마디도 하지 않고 그저 바싹 붙어 있을 뿐이라고 한다. 상처를 입히지도, 어딘가로 끌고 가려 들지도 않고 T와 함께 밤을 보냈다.

"이불 속에서 여자 숨소리가 들렸습니다. 방이 캄캄한 데다 이불을 젖히면 사라져버리니까 모습을 실제로 본 적은 없어요. 손전등을 켜도 분명 그 순간 사라지겠죠. 어떻게 생겼을지 궁금해서 손가락으로 더듬더듬 확인해봤는데, 여자는 얼굴을 돌리지도 않고 가만히 있었습니다. 그렇다고 전혀 의사가 없는 건 아니고요. 쭉 뻗은 콧날을 더듬다가 도톰한 입술 사이로 손가락이 쑥 들어가자 여자가 앞니로 제 손가락을 살짝 깨물었습니다. 제가 조금 놀라니 입속으로 킥킥 웃는 것처럼 어깨를 들썩이더군요."

여자와 붙어 잠을 청하면 T는 마음이 편안했다. 고독에 시달려 불안할 때는 어느 틈엔가 여자가 나타나 등을 문질러준 적도 있다고 한다.

"말을 걸어보았지만 대답을 않더군요. 별세계 사람인가 봐요. 그래서 일본어가 안 통하는 거겠죠."

T는 그 여자에게 빠진 것이 분명했다. 나는 더더욱 걱정이 되

었다. 이야기를 들어본바, 그 여자는 이 세상 사람이 아니다. 정을 너무 많이 붙이면 위험하지 않을까.

하지만 T는 그 여자 덕에 더없이 강한 집필 의욕을 얻었다. 그의 작품을 좋아하는 독자 입장에서는 환영할 만한 일이다. 그를 만류하고 싶은 한편으로 그의 정신이 넘나드는 세상도 보고 싶은, 복잡한 기분이었다.

훗날 T의 담당 편집자에게 연락을 해보았다. 비슷한 분야의 소설을 쓰다 보면 담당 편집자가 같거나, 담당이 아니더라도 안면이 있는 경우가 많다. T의 담당 편집자인 A도 나와 안면이 있었다.

A와 전화가 연결되어 T의 이불 이야기를 꺼냈다. 그도 얼핏 들은 적이 있다고 한다.

"이사한 직후에 그런 이야기를 하셨던 것 같은데. 아마도 지어낸 이야기일 겁니다."

A는 낭만이 없는 남자였다. 이불 이야기를 처음 들었을 때 회의적인 반응을 보였으리라. 그 후로 T는 A에게 이불에 대해 자세히 이야기한 적이 없는 모양이다. 나는 진위 여부는 제쳐놓고 밤마다 이불 속에서 나타나는 여자에게 T가 푹 빠져서 이대로 가다가는 위험할지도 모른다고 설명했다.

"음, 어떻게 위험한데요?"

할 말이 없었다.

"창작 의욕이 높아졌으니 오히려 잘됐다고 봐야죠. 하지만 뭐, T 선생님을 주의 깊게 지켜보겠습니다."

A와 통화를 마친 후 나는 일단 T와 이불에 신경을 끄기로 했다. 마치지 못한 일이 산더미처럼 쌓여 있어 남 걱정이나 할 처지가 아니었다. 그로부터 한동안 일에 파묻혀 지냈다.

T와의 정기적인 만남과 연락이 뚝 끊긴 것은 그렇듯 바빴기 때문이기도 하지만 그 밖에도 이유가 하나 더 있었다. 나중에 알았는데 편집자가 T에게 내 생각을 전했다. 그것도 각색해서.

T가 걱정이다. 그 이불은 찜찜하다. 이불에서 T를 떼어놓아야 한다.

내 주장을 그렇게 바꾸어 T에게 전한 모양이다. 그 말을 듣고 T는 역정을 냈다고 한다. 내가 이불을 빼앗으려 한다고 느꼈으리라. 내가 툭하면 밥을 먹자며 만나자고 한 것도 이불이 목적 아니었겠느냐고 의심한 듯하다. 하지만 그런 줄은 훨씬 나중에야 알았다. 나는 그저 독자로서 T의 신작이 발표되기를 기다렸을 뿐. 다음 작품이 발표될 즈음에 만나서 밥이나 먹을까. 그렇게 태평하게 생각했다. 하지만 T의 신작은 발표되지 않았다.

T가 셋방을 계약할 때 보증인이 되어준 사람이 바로 담당 편집

자 A였다. 그는 집주인에게 불려가서 T의 방을 정리했다. T가 어디로 사라졌는지는 아무도 모른다. 경찰에 실종 신고도 했지만 발견했다는 소식은 못 들었다. 방에 신발과 가방이 없었으므로 T는 외출했다가 증발한 것으로 추정된다. 원고지와 필기구도 사라졌으므로 기분 전환 삼아 밖에서 소설을 쓰려고 했는지도 모른다고 동료 작가들은 수군거렸다.

가구가 거의 없는 T의 방에는 주홍 이부자리가 깔려 있었다. 사라진 T 대신 A가 그걸 처분했다고 한다.

"방을 정리하는데 열쇠가 나왔습니다. 구석에 떨어져 있더군요. 창문과 문이 꽉 잠겨 있었는데 T 선생님은 어떻게 방에서 나간 걸까요?"

경찰과 집주인에게 열쇠 이야기를 해보았지만 별로 중요하게 받아들이지 않았다. 여벌 열쇠를 가지고 외출했을 거라고 현실적으로 결론을 내렸다. 하지만 나는 상상한다. T는 원고지와 필기구가 든 가방을 들고 신발을 신은 채 이불 속에 누운 것 아닐까. 그리고 여자와 함께 이불 아래 어둠 속으로 여행을 떠났을지 모른다. 거기는 어디일까. 그를 매료시킨 여자는 거기서도 여자의 모습일까?

A는 이부자리를 중고 매장에 팔았다. 그 이야기를 듣고 서둘러 중고 매장에 가보았지만 이부자리는 이미 팔려서 지금은 어디에 있는지 확실치 않다.

아 이 의

얼굴

1

    고등학교 때 같은 반이었던 친구가 아기를 죽였다. 얼마 지나지 않아 다른 친구가 아기를 죽였고, 또 다른 친구가 자기 아이를 살해했다.

    고등학교 시절, 아버지는 밖에서 여자를 만들었고 어머니는 낮부터 술을 퍼마시는 등 내 가정 환경은 최악이었다. 나는 마음이 피폐해져 어른들을 증오하며 불량한 아이들과 어울렸다. 당시 내 친구 중에는 좀도둑질과 폭력으로 징계를 받은 아이도 있었다. 나는 그중 몇몇 여자애들과 특히 자주 어울려 다녔다. 와타나베 게이코, 오카무라 가스미, 후지야마 유키에 세 명이다. 그들이 각자자기 아이를 죽였다.

와타나베 게이코는 돌도 되지 않은 딸을 욕조에 빠뜨렸다고 한다. 오카무라 가스미는 생후 3개월 된 아들을 목 졸라 죽이고 쓰레기봉투에 넣어 타는 쓰레기를 내놓는 날에 버리려고 했다. 후지야마 유키에는 10개월 된 아기를 맨션 베란다에서 내동댕이치듯 땅에 던지고 자기도 뛰어내렸다. 아기는 숨을 거두었지만 본인은 목숨을 건졌다고 한다.

육아 우울증이었을 것이라고 다들 말한다. 고등학교를 졸업한 후로 서로 연락하지 않았으므로 경찰은 연관성을 찾지 못해 각각 개별 사건으로 처리했다. 나도 고등학교를 졸업하고 도쿄에서 자취를 시작하자마자 그들과 거리를 두었다. 그 셋이 결혼하여 아기를 낳은 줄도 몰랐다. 그들이 무슨 사건을 일으켰는지는 도쿄에서 우연히 마주친 지인에게 들었다.

학창 시절을 함께 보낸 사이다. 그들을 걱정해주어야 할까. 연락을 주고받으며 고민을 들어주었다면 이런 참사는 없지 않았을까. 하지만 마음이 내키지 않았다. 나는 그 시절의 내가 싫다. 반항심만을 에너지로 삼아 헛돌던 끝에 큰 죄를 저지르고 말았으니까.

당시 살던 곳은 덤프트럭이 흙먼지를 일으키며 하천 공사 현장을 오가고, 불량아들이 자재 보관소에서 담배나 피우는, 그야말로 살풍경하고 아무것도 없는 동네였다. 폐쇄감으로 가득한 막다른 길 같은 곳이었다. 그 시절 사진은 남편에게도 보여주지 않았다. 당시 나를 찍은 사진은 불태워서 버렸다. 만약 남편이 당시 사진을 본다면 지금의 나하고 너무 많이 달라서 놀랄 것이다.

결혼하여 새집으로 이사했을 무렵에 내 앞으로 편지가 왔다. 친정 주소로 배달된 것을 어머니와 재혼한 남자가 보고 이쪽으로 보내주었다. 몇 장이나 되는 편지였다. 보낸 사람은 후지야마 유키에. 아기를 맨션 베란다에서 던졌다는 고등학교 시절 친구다.

요시나가 가오루에게

오랜만이야. 나 기억나? 고등학교 때 자주 같이 놀았던 유키에야. 그때는 참 즐거웠는데. 힘든 일도 있었지만. 갑자기 이런 편지를 보내서 놀랐겠지. 연락 끊긴 지 한참 됐는데 이렇게 편지를 쓰려니 쑥스럽네. 너는 우리 그룹에서도 좀 특이한 애였고 말이야. 딱히 있을 곳이 마땅치 않아서 하는 수 없이 우리 뒤를 따라다닌 느낌이었어. 사실은 연락할까 말까 망설였어. 그 시절을 떠올리기는 싫을 테니까. 하지만 네가 결혼한다는 소식을 듣고 편지를 쓰기로 했어. 꼭 알리고 싶은 게 있거든. 한편으로 너는 괜찮지 않을까 싶기도 해.

만약 그렇다면 모르는 편이 낫겠지.

우리는 이쿠타메 요리코에게 용서받을 수 없는 짓을 저질렀어. 하지만 넌 조금 거리를 두었잖아. 우리가 하는 짓을 뒤에서 지켜만 봤어. 그러니 죄도 약간은 경감될 테지. 개도 넌 무관하다고 여길지도 모르고.

편지가 아직 끝나지 않았지만 나는 눈을 질끈 감았다. 편지지를 접어서 책상 서랍에 쑤셔 넣고 이대로 잊어버릴 수 있으면 얼마나 좋을까. 유키에의 편지는 내가 기억에서 지워버리려고 했던 과거 그 자체다. 당시의 냄새, 분위기 등 여러 가지가 되살아나서 토할 것 같았다.

이쿠타메 요리코. 그 이름, 겁에 질린 표정, 전부 기억한다. 차가운 손이 심장을 꽉 움켜쥐는 것 같아서 가슴을 눌렀다. 애원하는 듯한 그 아이의 눈빛이 머릿속에 자꾸 어른거려서 고등학교를 졸업하자마자 신칸센에 올라탔다. 그 아이와 얽힌 모든 것에서 달아나려고 도쿄로 상경한 셈이다.

요리코는 표정이 어두운 여학생이었다. 집이 유복하지 않았으리라. 교복이 늘 구깃구깃하고 군데군데 얼룩이 져서 반 아이들에게 웃음거리였다. 와타나베 게이코, 오카무라 가스미, 후지야마 유키에는 그런 요리코를 심심풀이로 점찍었다. 나도 무관하지는 않았다. 사이좋게 지냈던 세 사람과 함께 행동하다 보면 그 현장에 있을 수밖에 없었으니까.

이쿠타메 요리코. 눈 밑에 점이 세 개 있었고, 입술은 얇았으며, 뭔가를 명령하면 딱딱하게 굳은 표정을 지었다. 어른에게 느낀 혐오과 짜증의 반작용이었을까. 요리코처럼 연약한 여학생을 보면 나도 뭔가 가학적인 충동이 들기는 했다.

어느 날, 성격이 특히 드센 와타나베 게이코가 여자 화장실로 요리코를 불러내 우리보고 붙잡으라고 했다. 게이코는 평소 거스를 수 없는 분위기를 풍겼다. 그녀의 남자 친구가 동네에서 힘깨나 쓴다는 양아치였기 때문이다. 게이코는 우리에게 요리코의 교복을 더럽히라고 명령했다. 모두를 공범으로 삼고 싶었던 것이리라. 앞으로의 관계를 고려하여 나는 요리코에게 걸레 빤 물을 끼얹었다. 여자 화장실 바닥에 주저앉아 흠뻑 젖은 몸으로 애원하듯 나를 쳐다보던 그 아이가 기억난다.

그로부터 몇 달이 지나 겨울이 되었다. 요리코는 무단결석했고, 칼로 손목을 긋는 등 자해를 한다는 소문이 도는가 싶더니 그다음 주에 장례식을 치렀다. 종이로 접은 다양한 동물이 그녀의 관 옆에 놓였다. 요리코의 어머니 말로는 종이접기가 딸의 유일한 취미였다고 한다. 사인은 자살. 자기 방에서 목을 맸다.

우리는 당황하여 겁을 먹었지만 허세를 부렸다. 오카무라 가스미만은 요리코가 죽었다는 소식을 듣고 웃었지만. 가스미는 원래 그런 애였다. 더구나 아버지가 학교에 영향력이 있는 사람이라 왕따 때문에 딸이 죽었다는 유족의 주장은 묵살되고 말았다. 우리에게 벌을 주는 교사는 없었다. 우리 인생은 보호받았다. 내가 혐오감을 품은 어른들에 의해, 가장 기피해야 할 형태로. 아무도 요리코의 이름을 입에 담지 않았고 학교에서는 마치 처음부터 없었던 사람처럼 취급했다. 우리 네 명은 점차 서먹해져 소원한 상태로 졸업을 맞았다.

나는 도쿄로 상경한 후 요리코를 잊고자 태도를 바꾸었다. 어른을 향한 반항심도 사라졌다. 가스미 부모님의 권력 아래에서 보호받았을 때 나를 지탱하던 기둥들이 무너진 것이다. 그런 과거를 숨긴 채 아르바이트를 하며 자격증을 따기 위해 열심히 공부했다. 직장에서 만난 남편은 내가 고등학교 시절에 무슨 짓을 했는지 모른다.

2

그때로 돌아갈 수 있다면, 그리고 요리코에게 사과할 수 있다면, 그런 후회뿐이야. 당시는 어렸던 탓에 뭐가 좋고 나쁜지 잘 몰랐어.

개가 우는 모습을 보며 즐거워했지. 그런 행동이 지금 상황을 초래했을 거야. 난 병원에서 이 편지를 쓰고 있어. 너도 소식을 들어 알겠지만 난 내 자식을 죽였어. 게이코도, 가스미도 배 아파가며 낳은 아이를 제 손으로 죽였지. 우리는 사랑하는 존재를 두 번 다시 품에 안을 수 없을 거야.

내 아이는 딸이었어. 딸이 세상에 태어난 순간 얼마나 행복했는지 지금도 똑똑히 기억나. 모유를 먹이고, 기저귀를 갈아주고, 그 조그마한 생명과 온기를 나누며 잠들었지. 하지만 얼마 지나지 않아 딸에게서 이상한 점을 발견했어. 딸애 얼굴이 나하고도, 남편하고도 닮지 않았거든. 신생아니까 그런 거겠지, 조만간 닮은 구석이 보이겠지, 그렇게 생각하며 몇 달을 보냈어. 하지만 점점 으스스해지더라고. 딸의 이목구비가 예전에 본 적 있는 여자아이와 비슷해지는 것 같았어. 우리에게 용서를 빌며 애원하던 그 아이의 얼굴과. 십수 년의 시간을 넘어 내 아기로서 그 아이와 재회한 거야.

처음에는 기분 탓이라고 여겼지. 하지만 품에 안고 있을 때도, 젖을 물릴 때도…… 역시 딸애는 요리코와 똑 닮았어. 남편에게도 말해봤어. 남편은 아이를 키우느라 지쳤나 보다고 걱정하더라고. 죄악감 때문에 내게만 그렇게 보인 걸까. 옛날 친구에게 연락해 요리코의 사진을 보내달라고 했어. 사진과 아기 얼굴을 비교해봤지. 이번에는 남편도 굳은 얼굴로 딸애가 요리코와 닮았다고 인정했어.

유전자 검사를 받았지. 딸은 생물학적으로 내 아이가 맞았어. 하지만 얼굴은 우리 때문에 일찍이 목숨을 끊은 소녀의 것이었지. 어느덧 딸을 사랑하는 마음이 식어가더라. 얼굴이 새빨개질 정도로 아이가 엉엉 울 때도 내가 예전에 했던 짓을 나무라는 것만 같아서 무서운 마음에 귀를 틀어막았어. 그래도 최소한의 육아를 그만두지 않은 건 남편이 격려해주었기 때문이야. 과거의 죄를 고백했을 때 진지하게 들어준 덕분이지.

그러던 어느 날이었어. 딸애 등에 빨간 점 같은 게 생겼더라고. 자세히 보니 그 부분만 살이 약간 부풀어 올랐어. 불현듯 고등학교 시절이 떠올랐고 그게 뭔지 알아차렸지. 게이코의 명령으로 내가 요리코의 등을 담뱃불로 지졌거든. 그 아이는 뜨거워서 눈물을 흘리며 몸을 비틀었지. 빨간색 점은 내가 요리코를 담뱃불로 지진 곳과 똑같은 자리에 생겼어.

그걸 알아차렸을 때…… 아직 돌도 되지 않은 딸이 내 얼굴을 보고 한층 격하게 울음을 터뜨렸지. 보통 아기는 엄마 얼굴을 보면 안심하고 울음을 그치잖아? 하지만 딸은 마치 무서운 걸 보는 듯한 눈으로 날 쳐다봤어. 정신을 차려보니 내가 딸을 안은 채 베란다에 있더라. 땅에 내던지자 딸은 새빨간 얼룩으로 변했어. 그리고 나도 뛰어내렸지. 살아남은 게 행운인지 불행인지 모르겠어.

게이코와 가스미에게도 비슷한 일이 생긴 게 아닐까 싶어. 내 아이를 죽인 후에야 두 사람도 그랬다는 걸 알았어. 요리코가 우리에게 복수하는 거겠지. 너희는 사랑하는 사람을 품에 안을 권리가 없다고 말하는 거야.

너도 우리랑 똑같은 일을 당할지도 몰라. 그럴까 봐 걱정돼서 편지를 보낸다. 끝까지 읽어줘서 고마워.

후지야마 유키에

편지를 다 읽고 베란다로 나갔다. 손끝이 차가웠다. 편지에 적힌 내용이 전부 사실이라면 유키에는 내게 이렇게 말하고 싶었던 것이리라.

"아기를 낳지 마. 우리처럼 될지도 모르니까."

그런 문장은 편지 어디에도 없었다. 하지만 유키에는 내가 결혼했다는 소식을 듣고 편지를 쓰기로 했다. 결혼 다음은 출산임을 염두에 두고 알려준 것 아닐까. 그렇다면 그녀는 늦었다. 구역질이 올라와서 화장실로 갔다. 입덧이다. 내가 남편과 결혼을 서두른 건 배 속에 아이가 생겼기 때문이다.

집이 어두운 걸 보고 퇴근한 남편이 놀랐다. 불을 켜는 것도 잊고 생각에 잠겼던 모양이다. 남편 얼굴을 보자 눈물이 솟았다. 숨긴다고 될 일이 아닌 것 같아 남편에게 고민을 털어놓았다.

고등학교 시절 저지른 소행, 목숨을 끊은 소녀, 차례차례 아기를 죽인 고등학교 친구들에 대해 이야기했다. 유키에의 편지를 보여주고 배 속의 아이를 어떻게 할지 상의했다. 입덧이 시작되었지만 임신 초기이므로 낙태하기에 늦지는 않았을 것이다. 하지만 남편은 편지를 몇 번이나 읽고 나서 고개를 저었다. 이 편지만 보고서 낙태를 결심하는 건 바람직하지 않다고 했다.

내 시야가 좁아졌는지도 모른다. 편지에 담긴 내용은 확실히 유키에의 망상일 수도 있다. 편지지 몇 장에 적힌 글만 읽고 배 속에 깃든 생명의 생사를 결정하다니 말도 안 된다. 유키에와 만나 이야기를 해보아야 하리라. 일단 유키에의 현재 주소부터 알아보기로 했다. 편지에는 그녀의 주소와 연락처가 적혀 있지 않았기 때문이다.

SNS에서 고등학교 동창을 몇 명 찾아 접촉해보았다. 친구라고 할 정도는 아니었지만 인사쯤은 나눈 사이다. 그중 연락이 닿은 한 명과 메일을 주고받으며 몇 가지 사실을 알았다. 유키에는 의료 교도소에서 목을 매어 죽었다.

3

신칸센에서 민영 철도로 갈아타 살풍경한 고향에 도착했다. 어머니에게는 연락하지 않았다. 나와 어머니 사이의 골은 아직 깊다.

동네는 내 기억보다 훨씬 삭막했다. 택시를 타고 가는 동안 폐업했지만 철거되지 않고 방치된 슈퍼와 개인 상점이 눈에 많이 띄었다. 고등학교 때 친구들과 좀도둑질을 했던 문방구는 아직 남아 있었다. 당시를 떠올리자 죄악감이 가슴을 쿡 찔렀다. 하지만 가게를 찾아가서 사죄할 만큼 예의 바르지는 않았다.

SNS를 통해 주소를 몇 개 알아냈다. 택시로 그 주소를 하나씩 돌아볼 생각이었다. 편지를 보낸 유키에의 본가뿐이 아니다. 게이코와 가스미의 본가도 어디인지 찾아냈다.

그들이 징역형을 언도받았다면 교도소에서 복역 중이겠지만 심신상실이나 심신미약을 이유로 감형받았다면 본가에 있을지도 모른다. 그들에게 이야기를 들으면 유키에의 편지가 어디까지 진실인지 짐작이 갈 것이다. 하지만 내 시도는 전부 헛수고로 끝났다.

게이코의 본가는 저소득 가구가 밀집한 구역에 있었다. 집 꼴이 완전히 엉망이었으므로 아무도 살지 않는 것이 분명했다. 이웃에게 물어보니 3년 전에 그녀가 사건을 일으킨 직후부터 이 꼴이 되었다고 한다. 이전에는 게이코와 남편, 아기, 그리고 게이코의 아버지가 살았다. 남은 가족이 어디로 사라졌는지는 아무도 모르는 모양이다.

가스미의 본가는 커다란 단독주택으로 높은 담이 부지를 둘러싸고 있었다. 대문 옆의 인터폰을 누르자 중년 여성이 고상한 목소리로 답했다.

"누구세요?"

나는 이름을 밝히고 가스미의 고등학교 친구라고 설명했다.

"……딸애는 여기 없어요. 돌아가세요."

문은 열리지 않았고 다시 인터폰을 눌렀지만 답변은 없었다.

근처 주민 말로는 그 사건이 일어난 후 가스미는 이혼했으며 아버지는 기업 회장직을 사임했다고 한다. 가스미는 지금도 복역 중인 모양이다. 나는 가스미가 목 졸라 죽인 아기를 쓰레기로 내놓으려고 했다는 소문밖에 몰랐지만 주민에 따르면 상황은 더 처참했다. 가스미는 증거를 인멸하기 위해 아기를 잘게 토막 내서 쓰레기봉투에 넣었다. 그런데 까마귀가 쓰레기봉투를 파헤치는 바람에 아기 내장이 땅에 흩어졌고 신체 일부는 근처 주택 지붕에서 발견되었다고 한다.

유키에의 본가는 주차장으로 변했다. SNS로 알아낸 정보는 고등학교 시절 것이라 현실에 많이 뒤떨어졌다. 이웃에게 물어보니 5년쯤 전에 이사 갔다고 한다.

"아기를 낳은 지 얼마 지나지 않아 유키에가 이상한 소리를 하더래요."

유키에의 부모님과 친하게 지냈던 이웃 사람이 가르쳐주었다. 이사 간 후에도 유키에의 어머니가 전화로 상담했다고 한다.

"아기 얼굴이 무섭다며 쳐다보질 않는다나. 중학교인가 고등학교 때 죽은 같은 반 아이랑 점점 닮아간다며 무서워한 모양이에요. 이상하죠? 애를 키우느라 정신적으로 많이 지쳤나 봐요."

유키에는 주변에도 편지에 쓴 것과 같은 소리를 했다. 적어도 나를 놀리려고 거짓말로 편지를 쓰지는 않은 모양이다. 그녀는 정말로 아기 얼굴 때문에 고민하고 무서워했다.

나는 입덧을 참으며 택시에 올라탔다. 택시 기사에게 마지막 행선지를 알렸다. SNS로 알아낸 주소는 총 네 개. 여기를 제일 마지막으로 미룬 건 십수 년간 쌓인 죄책감 때문이었다.

요리코가 살던 집은 허름한 목조주택이었다. 외벽이 군데군데 상하고 마당도 황폐하여 어둡고 음울한 분위기가 감돌았다. 집을 눈앞에 두자 발이 떨어지지 않았다. 2층 창문에 사람이 비친 것도 같았지만 잘못 본 것이리라. 여기는 이미 빈집이니까.

요리코의 가족은 뿔뿔이 흩어져 행방이 묘연하다고 한다. 나는 먹먹한 기분으로 요리코가 살던 집을 바라보았다.

"저기가 요리코 방이었어. 저기서 목을 맸지. 가엾게도."

이웃이 2층 창문을 가리키며 말했다. 아까 사람을 본 듯했던 창문이다. 나는 합장하며 고개를 숙였다. 속으로 당시 저지른 일을 사과했다. 이제 와서 사과한다고 용서받을 수 있을지 모르겠지만 지금 내가 할 수 있는 일은 그 정도였다. 여행을 마치고 돌아와 나와 남편은 요리코 가족의 행방을 수소문했다. 끝내 못 찾았지만 요리코의 무덤이 어디에 있는지는 알아내서 향을 올렸다.

남편과 상의한 끝에 낙태는 하지 않았다. 배가 눈에 띄게 부풀자 내 의사와는 무관하게 몸속에서 뭔가가 움직이는 느낌이 들었다. 병원에서 초음파 사진을 찍어 태아의 얼굴을 확인했다. 흐릿해서 어떻게 생겼는지 알아보기 힘들었다. 아이는 과연 어떻게 생겼을까. 내가 불안해하자 남편이 위로해주었다.

마침내 양수가 터졌다. 숨도 못 쉴 정도의 통증을 참으며 분만대에 올랐다. 의사와 간호사의 지시에 따르며 아기를 낳았다. 사전에 들은 대로 여자아이였다. 해냈다는 성취감과 행복을 맛보며 간호사가 안겨준 아기를 살펴보았다.

"어머, 눈 밑에 작은 점이 있네요."

간호사가 말했다. 그 순간 요리코의 얼굴이 머리를 스쳤다. 내아이에게도 그녀처럼 눈 밑에 작은 점이 세 개 있었다.

신생아는 얼굴이 쪼글쪼글하므로 나는 두려움 없이 딸을 대했다. 그렇다고 마음이 편한 건 아니다. 고등학교 친구들이 생각나서 과연 나는 이 아이를 죽이지 않고 잘 키울 수 있을지 걱정되었다. 어머니로서 이 아이에게 애정을 품을 수 있을까. 이 조그마한 존재는 내 아이일까.

생물학적으로는 내 친딸이다. 내 몸속에서 열 달을 자란 후에 태어났다. 그 경위를 몸소 체험했다. 하지만 눈 밑에 있는 점 세 개는 요리코와 똑같다. 점차 그녀와 얼굴이 닮아간다면 내 아이로 받아들일 자신이 없었다.

그래도 남편은 이 아이를 키워야 한다고 주장했다. 남편은 나보다 다소 긍정적으로 딸을 받아들이려고 했다. 그는 요리코와 접점이 없다. 실제로 본 적조차 없는 사람이다. 딸의 얼굴에 죽은 소녀와 닮은 부분이 있으니 겁이 나기는 하는 모양이었지만 나와 달리 죄의식이나 죄책감은 없다.

남편은 나를 걱정하여 아이를 최대한 많이 돌보았다. 우유를 데우고, 기저귀를 갈고, 목욕도 시켰다. 나와 딸이 둘이서만 있지 않도록 최대한 배려해주었다. 내가 피곤한 기색을 보이면 회사를 쉬었다. 휴가를 안 주면 회사를 그만둘 거라고 했다. 내 친구들이 친자식을 차례차례 죽였다는 전례가 있기 때문인지 남편은 이 상황을 심각하게 받아들인 듯했다.

남편이 공기를 빵빵하게 채운 아기 욕조에서 딸을 목욕시킬 때 넓적다리에서 파란 멍을 발견했다. 요리코의 넓적다리에도 분명 비슷한 멍이 있었다. 게이코가 실내화 뒤꿈치로 찍어서 생긴 멍.

남편에게 이야기하자 아기한테는 이런 반점이 종종 생긴다고 말했다. 피부 깊은 곳에 멜라닌 색소가 침착해 파래진다고 한다. 얼마 지나면 사라질 거라고. 하지만 그 멍은 아무리 시간이 흘러도 사라지지 않았다.

생후 한 달이 지나자 딸은 생김새가 뚜렷해졌다. 눈과 코가 우리 부부와 하나도 닮지 않았다. 딸의 얼굴과 요리코의 얼굴을 머릿속으로 겹쳐보았다. 요리코의 사진은 한 장도 가지고 있지 않지만 그녀의 얼굴은 잊을 수 없이 아픈 기억으로 남아 있다. 역시 내 딸은 요리코를 쏙 빼닮았다. 이 작은 존재는 내 몸에서 태어났지만 영혼은 우리를 원망하며 죽은 소녀가 틀림없다. 요리코가 죽으면서 영혼을 몇 조각으로 나누어 증오하던 상대의 몸에 심은 것은 아닐까.

딸이 무서웠다. 남편과 상의하는 횟수가 늘었다. 딸에게 젖을 물리기도 했지만 어느 순간 고등학생인 요리코가 내 가슴을 빠는 것처럼 보여서 비명을 지르며 떼어놓았다. 애정을 쏟아야 할 딸을 정체 모를 무언가로 느꼈다. 아이와 한 방에 있기도 싫다, 남에게 주자. 무서운 마음에 그렇게 말했다가 남편과 싸웠다. 애당초 당신 잘못이다, 고등학교 때 한 소녀에게 상처를 주어 죽음으로 몰아넣은 탓 아니냐, 태어난 아기가 무슨 죄냐. 남편은 그렇게 나를 질책했다. 싸우고 나면 딸을 죽이고 싶었다. 이 아이가 태어나기

전에는 부부 금실이 좋았다. 남편이 내게 매정한 소리를 퍼붓는
건 다 딸 때문이라는 마음이 가시지 않았다.

4

남편이 야근에서 빠지지 못한 날, 나 혼자 딸을 목욕시켰다. 아
기 욕조에 미지근한 물을 채우고 조심스레 딸을 담갔다. 몸을 씻
기면서 문득 이대로 물속에 가라앉히면 어떨까 싶었다. 게이코가
그랬듯이 살짝 손을 놓고 가만히 놔두면 된다. 울음소리도 금방
잦아들리라. 그렇게 하면 지금 이 상황에서 해방될 수 있다.

매력적인 발상 같았다. 이것만 없으면. 이딴 년만 태어나지 않
았다면. 그때 딸이 여자 화장실에서 우리에게 애원하던 요리코로
보였다. 그 아이는 우리가 뭘 어쩌든 전혀 저항하지 않고 자기 운
명을 받아들였다. 체념한 듯 힘없이 광채를 잃은 눈이 이 세상은
고통으로 가득하다는 사실을 우리에게 가르쳐주었다.

허둥지둥 딸을 아기 욕조에서 들어 올려 옷으로 감쌌다. 위험
했다. 나는 눈을 감고 딸을 끌어안았다. 딸이 품속에서 옴찔옴찔
움직이는 것이 느껴졌다. 이성으로 공포를 눌렀다. 아이를 죽이
는 건 잘못이라고 스스로 타일렀다. 이 아이에게 깃든 영혼이 설

령 요리코라고 해도, 아니 그렇기 때문에 죽이는 건 잘못이다. 게이코도, 가스미도, 유키에도 잘못된 선택을 했다. 요리코에게 켕기는 구석이 있었기에 세 사람은 아기를 해치고 말았다. 같은 실수를 저질러서는 안 된다. 아기를 죽이면 고등학생 때 요리코에게 했던 몹쓸 짓을 되풀이하는 셈이다. 요리코에게 진심으로 사과할 마음이 있다면 다른 선택지를 찾아야 한다.

요리코는 무슨 생각을 하며 목을 맬 끈을 준비했을까. 그 아이는 왜 우리의 아이로 태어났을까. 이건 그 아이의 복수일까. 우리가 애정을 쏟을 대상에게 깃들어 사랑을 빼앗고 우리 마음을 죽이려는 걸까. 아니면 그저 순수하게 좀 더 살고 싶었던 걸까. 우리의 아이로 태어날지언정 이 세상에 머무르고 싶었던 걸까. 아니면 우리에게 재출발할 기회를 준 걸까.

정신과 의사와 상담하고 약의 도움을 받으며 1년을 보냈다. 딸이 무사히 생일을 맞자 남편은 안도했다. 내 친구들의 아이는 생일을 맞이하기 전에 죽었기 때문이다.

딸과 적당히 거리를 두어야 안정감이 생기는 것을 깨닫고 베이비시터를 고용해 육아를 맡겼다. 거기에 지출되는 비용은 아끼지 않도록 했다. 대신 다른 부분에서 검소하게 생활하며 가지고 싶은 걸 참았다. 머리가 길자 딸은 더욱 이쿠타메 요리코와 닮았다. 머리카락과 눈썹 모양 등 우리 부부와 아무 데도 닮지 않았다. 이대로 무사히 자라 요리코가 목숨을 끊은 나이에 가까워지면 더욱 비슷해질 것이다. 거의 동일 인물처럼. 그때 나는 평정심을 유지할 수 있을까. 걱정이었다. 그렇게 되면 죽은 사람과 함께 사는 것과 마찬가지 아닌가.

나와 딸 사이에는 늘 긴장이 감돌았다. 우리는 서로에게 겁을 먹은 듯 위축되어 최소한만 살이 닿도록 했다. 딸이 남편을 잘 따르는 것도 당연하다면 당연한 일이었다.

만 두 살이 되자 딸은 말이 늘었다.

"엄마, 더러운 물, 부었어."

어느 날 딸이 그런 소리를 했다.

"부었어. 더러운 물."

"안 그랬잖아. 그렇지?"

"그랬어. 엄마, 무서워."

짚이는 일이 있다. 고등학생 때 요리코에게 걸레 빤 물을 끼얹었다. 내가 예전에 한 짓을 딸이 안다. 얼굴이 굳는 것을 느꼈다.

"그렇구나, 미안해. 엄마가 잘못했어. 이제 그런 짓 안 할게. 그러니까 무서워하지 않아도 돼."

딸은 경계하듯이 나를 쳐다보았다. 그 후로 나는 낮부터 술을 마시게 되었다. 일찍이 내 어머니가 그랬듯이.

술 냄새를 풍기자 남편은 나와 거리를 두었다. 언젠가 남편이 딸을 데리고 집을 나가면 어쩌나 싶었다. 슬픈 일이지만 그러면 마음은 평정을 되찾을지도 모른다.

딸은 종이를 접으며 놀기 시작했다. 두 살답지 않게 야무지게 손을 놀려 코끼리와 사자를 만들었다. 아무도 접는 법을 가르쳐주지 않았는데. 그러고 보니 요리코도 생전에 종이접기가 취미였다는 생각이 났다. 그 아이의 관 옆에는 종이로 접은 동물들이 놓여 있었다. 그 동물들의 배웅을 받으며 요리코는 저세상으로 떠났다. 그리고 지금 이렇게 돌아와서 내 딸이 되었다.

딸을 겁내는 한편 엄마로서 사랑하고자 노력했다. 하지만 참으로 어려웠다. 엄마라면 보통 잠든 자식의 얼굴을 보았을 때 사랑스럽다는 감정이 샘솟을 것이다. 하지만 나는 잠든 딸의 얼굴을 보아도 왜 요리코가 내 집에 있느냐는 이질감을 먼저 느꼈다.

술독에 빠져 지내자 남편과 거리가 생긴 것과는 반대로 어머니와는 가까워졌다. 중고등학생 때는 술에 절어 사는 어머니에게 화가 나서 이런 어른만은 되지 말기로 마음먹었으므로 싸움이 끊이지 않았다. 하지만 지금, 낮부터 취한 머리로 어머니를 생각하자 몹시 보고 싶어졌다. 큰마음 먹고 전화를 걸자 어머니도 맥주를 마시고 있었던 듯 이야기꽃이 피었다.

"넌 아이를 죽이면 안 돼."

전화 저편에서 어머니가 말했다.

"난 몹쓸 엄마였지만 폭력을 휘두른 적은 없잖니?"

대신에 아이를 거의 방임했지만.

"다음에 아기 보러 가도 돼?"

"알았어. 와. 하지만 나랑 하나도 안 닮았어."

"널 안 닮았으니 다행이지. 나랑 안 닮았다는 뜻이니까."

캔 맥주를 꿀꺽꿀꺽 마시는 소리가 들렸다. 10대 시절이었다면
화가 나서 전화를 끊었을지도 모른다.

"내가 엄마를 쏙 빼닮았다고 생각하는구나."

"나랑 판박이로 생긴 딸이 경멸하는 눈으로 쳐다보는 게 어찌나
싫던지."

"미안해……"

"무슨 일 있어? 좀 이상한데. 갑자기 전화를 하질 않나."

어머니는 내게 애정을 품은 적이 있을까. 어머니가 나를 사랑
했다면 나도 중고등학생 때 엇나가지 않고 똑바로 살지 않았을까.
하지만 어머니에게도 자기 인생이 있고 사랑하는 사람에게 배신
당해 자포자기한 상태였는지도 모른다. 지금은 그렇게 받아들일
수 있다.

"널 대하기가 쉽지는 않았어. 하지만 그때에 비하면 지금은 부
드러워져서 이야기하기가 편하네."

"고마워. 내 생각도 그래."

어머니가 놀러 올지도 모르겠다고 저녁에 알리자 남편은 의외라는 표정을 지었다. 나와 어머니의 관계를 남편도 안다. 우리 딸을 보고 싶어 하는 모양이라고 설명하자 "손녀니까" 하고 남편이 중얼거렸다. 하지만 며칠 후 나는 사고를 당했다.

벌건 대낮부터 캔 맥주를 마시고 있는데 오후에 유치원에서 전화가 왔다. 딸이 열이 많이 나니까 데리러 오라고 했다. 하는 수 없이 택시를 불러서 유치원으로 갔다. 딸을 데리고 정문으로 나온 선생님이 약간 취해서 술 냄새를 풍기는 나를 보고 한순간 눈총을 주었다. 화장으로 감춘다고 감췄지만 얼굴이 불그무레했으리라. 딸을 택시에 태워 바로 병원에 가기로 했다. 딸은 열에 들떠 몽롱한 표정이었지만 내게 몸을 기대려고 하지 않았다. 머뭇머뭇 말을 걸고 이마에 손을 대자 확실히 열이 높았다. 요리코와 똑 닮은 얼굴이 나를 보았다.

"엄마……."

"응?"

"와줘서 고마워."

병원에 도착해 택시비를 지불하고 딸과 함께 내렸다. 조금 떨어진 주차장에서 급출발하는 소리가 들렸다. 고개를 돌리자 고령자

운전 마크가 붙은 경승용차가 심상치 않은 속도로 후진하여 다가왔다. 타이어가 연석을 풀쩍 넘었다. 나중에 들은 바로는 실수로 브레이크 대신 액셀을 밟았다고 한다. 경승용차 뒤범퍼가 딸과 충돌하려고 했다. 나도 모르게 앞으로 나서며 딸을 밀쳐냈다.

병원에서 눈을 떴을 때 여기가 어디며 무슨 일이 생긴 건지 파악하는 데 시간이 걸렸다. 뼈가 몇 군데나 부러져서 몸도 일으키지 못하고 그저 끙끙 앓기만 했다. 사고가 난 순간의 기억이 되살아나자 간호사를 불러 딸이 무사한지 물었다. 딸에게는 긁힌 상처 하나 없다는 설명을 듣고 안도했다. 그리고 안도감이 솟았다는 사실에 두 손으로 얼굴을 덮고 울었다.

사고가 발생했을 때 나는 취한 상태였다. 워낙 느닷없는 일이라 머리도 제대로 돌아가지 않았다. 그래도 몸을 날려 딸을 구했다. 딸이 다치지 않은 것을 알고 가슴을 쓸어내렸다. 그게 자랑스러워서 울었다. 딸에게 애정을 품지 못하리라고 믿었다. 하지만 같이 살면서 엄마로서 딸을 사랑하는 마음이 싹텄는지도 모른다.

딸이 남편 손을 잡고 병실로 들어왔다.

"엄마, 괜찮아……?"

이쿠타메 요리코와 닮은 딸이 걱정스러운 표정으로 침대에 다가왔다.

"괜찮아. 네가 안 다쳐서 다행이야, 정말로."

진심이었다. 딸의 앞머리를 손가락으로 넘기고 얼굴 윤곽을 따라 쓸어내렸다. 나는 며칠을 잠들어 있었고 그사이 딸은 열이 내렸다. 딸은 간지럽다는 표정을 지었다.

"요리코."

그렇게 부르자 딸은 고개를 갸웃했다.

"평생 네게 애정을 쏟을게. 가엾게도 다른 세 사람은 그러지 못했지만 내가 걔들 몫까지 널 사랑할게."

딸은 놀란 듯한 표정을 지었다가 눈을 가늘게 뜨고 고개를 끄덕였다.

무전기

1

2010년, 퇴근하다가 지나친 장난감 가게 앞 판매대에서 팔다 남은 무전기를 봤다. 산악 구조대가 사용하는 전문적인 기기가 아니라 어린이용으로 만든 값싼 장난감이다. 파란 플라스틱 본체에 노란 버튼이 달린 무전기는 두 개가 세트였다. 50미터 이내에서는 실제로 통신이 가능하다고 한다. 크리스마스가 되려면 아직 멀었지만 사서 아들에게 주기로 했다.

만 세 살인 히카루는 자동차를 좋아해서 구급차나 소방차가 지나가면 반드시 손을 흔들었다. 특히 경찰차를 좋아한다. 텔레비전에서 사건이나 사고 영상이 나오면 어른들이 침통한 표정을 짓든 말든 히카루는 신이 난다. 화면 구석에 경찰차가 비치기 때문이다.

"우와아! 경찰차다! 찌찌! 찌찌!"

왜 찌찌라는 말을 덧붙이는 걸까. 그럴 나이니까 그렇다고밖에 할 말이 없다. 어린아이는 세 살에서 네 살 무렵에 쉬야, 응가, 찌찌, 고추 같은 말을 하길 좋아한다. 전철을 탈 때도, 식당에서 밥을 먹을 때도 찌찌, 고추, 찌찌, 고추를 연발한다.

그러던 어느 날이다. 경찰의 활약상을 다룬 다큐멘터리 방송을 거실에 틀어놨는데 경찰관이 무전기로 통신을 했다. 그걸 본 다음부터 히카루는 무전기 놀이에 심취했다. 나나 나쓰미의 휴대전화를 얼굴에 대고 경찰 흉내를 낸다.

"아빠, 찌찌입니다, 고추 쉬야."

"경찰은 그런 말 안 하거든!"

무전기 놀이에 빠진 히카루에게 장난감 무전기를 선물하자 아주 기뻐했다. 상자에서 꺼내 건전지를 넣고 전원을 켰다. 스피커에서 잡음이 치이이익 흘러나오며 송수신이 가능한 상태임을 알렸다. 목소리를 송신할 때는 노란색 버튼을 누른 채 말한다. 그러면 다른 단말기에서 목소리가 나온다. '치이이익' 하는 잡음은 목소리를 수신할 때만 안 들리도록 만든 모양이다. 히카루는 무전기

사용법을 금방 배웠다. 그러더니 항상 들고 다니며 무전기 놀이를 하자고 보챘다.

"아빠! 궁둥이! 이거 하자, 이거!"

군말을 하나 자연스럽게 끼워 넣으며 무전기를 끌어안고 내게 다가온다. 나는 히카루와 놀아주었다. 무전기를 들고 어떤 때는 벽장에 숨어서, 어떤 때는 커튼으로 몸을 감싸고 목소리를 송신한다.

"아빠 어디 있게?"

우리는 숨바꼭질을 하면서 대화하는 것을 좋아했다. 히카루가 무슨 말을 하는지는 거의 못 알아듣는다. 나는 웅얼웅얼 들려오는 목소리에 적당히 대답한다. 히카루가 자신 있게 똑똑히 발음하는 말은 얼마 없었다. 좋아하는 자동차 이름이나 찌찌, 고추 따위다. 그래도 나와 나쓰미는 만족했다. 또래에 비해 말이 늦은 편이었으므로 무슨 말이든 하면 기뻤다.

무전기에 끈을 꿰는 구멍이 있어서 목에 걸도록 만들어주었다. 히카루는 마음에 드는 캐릭터 스티커를 덕지덕지 붙여서 본체를 장식했다. 그랬던 히카루가 2011년 3월 11일에 죽었다. 그 망할 지진이 망할 쓰나미를 일으켜서 아내와 아들을 어딘가로 데려가고 말았다. 집은 수백 미터나 떨어진 곳에서 발견되었다. 1층은 없었고 2층만 산비탈에 걸려 있었다. 회사에 있었던 나만 무사했다. 시신 안치소로 지정된 체육관을 수없이 돌아다녔지만 결국 히카루와 나쓰미의 시신은 찾지 못했다.

1년이 지나도록 가족과 친구가 번갈아 찾아왔다. 내가 자살하지 않을지 낌새를 살필 목적도 있으리라.

"너희 애는 몇 살이지?"

"네 살이야."

"이제 기저귀는 뗐어?"

"응. 화장실에서 볼일을 봐."

친구와 그런 이야기를 나누다가 감정을 억누르지 못하고 돌려보낸다.

회사 근처 연립주택에 방을 얻었다. 밥을 지어 먹지 않으므로 편의점에서 도시락과 술을 사서 귀가한다. 텔레비전을 보면서 저녁을 먹는다. 방은 두 개뿐이지만 지나치게 넓게 느껴진다. 예전 같았으면 발 디딜 틈도 없을 만큼 히카루의 장난감이 어질러져 있었을 것이다. 다다미 가장자리를 따라 미니카를 죽 늘어놓고 놀겠지. 집에서 찾아낸 히카루와 나쓰미의 물건은 몇 상자밖에 안 되었다. 진흙을 닦아내고 말려서 벽장에 넣어두었다.

아무 생각도 없이 살려고 애쓴다. 회사에서 녹초가 되도록 일한 후 동료에게 인사하고 집으로 돌아온다. 회식에는 참석하지 않는다. 내가 있으면 분위기에 찬물을 끼얹으리라. 그래서 집에서만 술을 마셨다. 맥주, 소주, 청주, 와인, 의식이 흐려질 때까지 배 속에 들이부었다.

　대재해가 발생한 지 2년이 지났을 무렵, 늦은 밤에 그 소리를 들었다. 텔레비전으로 원자력발전소에 반대하는 정치가의 연설을 보며 그날도 취하도록 마셨다. 레드와인에 취해 기분 좋게 꾸벅꾸벅 졸고 있자니 어디선가 치이이익 하는 소리가 들렸다. 소리는 벽장 속에서 났다. 졸음과 어지러움을 참으며 상자를 끄집어냈다.

　반쯤 박살 난 옛날 집에서 찾아낸 장난감 무전기의 LED 램프가 붉은색으로 깜박거렸다. 스피커에서 치이이익 소리가 났다. 어쩌다가 저절로 전원이 켜진 것이리라. 히카루가 늘 목에 걸고 다니던 쪽은 아니다. 끈을 꿰고 스티커를 붙인 무전기는 히카루와 함께 행방불명되었다. 지금도 목에 건 채 어느 바다를 떠돌고 있을지도 모른다.

　치이이익…….

　나는 무전기를 보며 술을 마셨다. 술기운이 오르는 것을 느끼며 여러 가지를 가정해보았다. 그날 내가 변덕을 부려서 회사를 쉬고 다 같이 외출했다면? 예를 들어 이웃 현에 있는 본가에 머물렀다면? 쓰나미 피해를 모면했지만 침통한 어른들 옆에서 히카루는 사촌과 놀았을 것이다. 그리고 지금도 내 주위를 요란스레 뛰어다니다가 나쓰미에게 야단을 맞겠지. 이랬으면, 저랬으면 하는 후

회로 가슴이 찢어지는 것 같았다. 그러다 나는 잠에 빠졌다. 깊고, 기분 좋은 어둠의 세계로 의식이 미끄러져 내렸다.

치이이익……

그리고 그날 잠에 빠지기 직전에 들었다. 잠음 사이로 띄엄띄엄 새어 나오는 그리운 목소리를.

"……아빠…… 치이이익. 찌…… 고…… 치이이익……"

2

휴대전화 알람이 울리자 늪에서 기어 나오듯이 일어나서 샤워를 했다. 커피만 한 잔 마시고 출근했다. 일을 마치고 편의점에 들러서 귀가. 이제 술을 마시고 자면 된다. 내 생활은 단순해졌다. 쓰나미가 죄다 가져가버린 탓이다. 이제는 아이가 일정을 방해하지도, 먹다 만 잼 빵을 나 모르게 서랍에 넣어두지도 않는다. 아이 엉덩이를 닦아줄 때 잘못해서 더러운 게 묻을 일도, 겨울에 거칠거칠하게 튼 살이 종이 기저귀에 걸릴 일도 없다.

감정이 넘쳐흐르지 않도록 예능 방송이라도 보자. 의식을 그쪽으로 돌리는 거다. 그때 리모컨 건전지가 다 닳은 것을 알았다. 어떻게 할까 생각하며 방을 둘러보니 무전기가 바닥에 널브러져 있었다. 어젯밤 일이 어렴풋이 기억났다. 무전기와 리모컨은 둘 다 AAA형 건전지를 사용한다. 그렇다면 무전기 속 건전지를 빼서 리모컨에 끼울까. 무전기에 넣어놔도 어차피 쓸 일은 없으니까. 그렇게 생각하고 무전기를 들어 건전지 덮개를 벗겼다. 그때 비로소 기억났다.

발견 당시 무전기는 진흙투성이었다. 나는 무전기에서 건전지를 빼고 구석구석 깨끗하게 닦았다. 이제 사용하지 않을 테니 오래된 건전지는 버렸다. 즉, 무전기에 건전지는 안 들어 있었다. 그렇다면 어젯밤에 들은 잡음은 뭐였을까. 빨간색으로 깜박이던 LED 램프는 뭐였을까. 깊게 생각하지는 않았다. 분명 만취 상태에서 환각과 환청을 경험한 것이리라.

며칠 후 무전기에서 다시 소리가 났다. 그날은 회사 차로 외근을 나갔다. 신호를 기다리는데 아이를 데리고 나온 여자를 보았다. 뒷모습이 나쓰미와 히카루와 비슷해서 혹시 쓰나미에 휩쓸리지 않고 살아남은 게 아닌가 싶었다. 교차로에 차를 세워놓고 운전석을 뛰쳐나와 여자와 아이를 쫓아갔다. 소리쳐 부르자 이쪽을 돌아봤는데 두 사람은 나쓰미도 히카루도 아니었다. 경적 소리가 요란하게 울렸다. 교차로에 세워둔 차 때문에 뒷차들이 오도 가도 못했다.

그날 밤 인사불성이 되도록 취했다. 손이 미끄러져 방에 소주를 쏟았다. 닦을 기운도 없어 마음을 진정시키려고 캔 맥주를 땄다. 방이 흔들리기에 여진이 왔나 싶어 텔레비전을 켰다. 아무리 기다려도 지진 정보가 나오지 않아 흔들리는 것은 나임을 깨달았다. 시야가 구불구불 뒤틀리고 두통이 일었다. 물이 들어간 것처럼 귀가 멍멍하고 언제부터인가 치이이익 하는 잡음까지 들렸다. 방구석을 보자 요전에 꺼내놨던 무전기의 LED 램프가 깜박거렸다.

"건전지가 들어간 척하면 누가 속을 줄 알고!"

나는 그런 말을 뇌까렸다.

잡음이 작아지는가 싶더니 어린아이 목소리가 나왔다. 틀림없이 귀에 익은 목소리였다.

"치이이익…… 아빠…… 치이이익……."

히카루는 죽었으니까 내 머리가 제멋대로 환청을 만들어내서 들려주는 것이리라. 하지만 나는 그것을 거부할 수 없었다.

"아빠…… 어디…… 없어…… 치이이익……."

무전기를 움켜쥐고 노란색 송신 버튼을 누른 채 불렀다.

"히카루, 들리니? 아빠 여기 있어!"

설령 진짜가 아니라고 해도 아들의 목소리를 듣자 행복했다. 잠시 잡음이 이어지다가 대답 소리가 들렸다.

"……아빠다…… 치이이익…… 배꼽……."

통신에 성공하자 몸이 벌벌 떨렸다. 나는 다시 말을 걸었다.

"배꼽? 배꼽이 어쨌는데?"

"치이이익······ 배꼽 가려워······ 치이이익······."

"세게 긁으면 안 돼! 엄마는? 엄마는 거기 있어?"

"······엄마······ 있어······."

"엄마 바꿔줄래?"

"안 돼······ 찌찌······."

나는 이 소리를 환청으로 받아들이고 대화를 즐겼다. 히카루의 이야기는 종잡기 힘들었지만 상관없었다. 술이 과해 혀가 꼬인 끝에 기절하듯 잠들었다. 한 주에 몇 번씩 그런 일을 겪었다. 환청을 들은 다음 날은 늘 기분이 좋았다.

여동생이 왔다. 내가 자살하지 않았는지, 혹은 그럴 징후가 없는지 확인하러 온 것이다. 현관에서 내 얼굴을 보자마자 동생은 안심한 표정을 지었다.

"다행이다. 안색 좋아 보이네."

"최근에 컨디션이 좋아."

하지만 방에 넘쳐나는 술병을 보자 동생은 인상을 찌푸렸다.

"과음하는 거 아니야?"

주량이 늘었다는 자각은 있었다. 반면 정신은 안정되었다. 집 청소도 하고, 밥도 지어 먹는다. 밥솥을 구입해 무세미(씻지 않고 물만 부어 밥을 지을 수 있는 쌀─옮긴이 주)를 앉혀 저녁에 따끈따끈한 밥을 먹었다. 하지만 아침은 여전히 커피 한 잔 마실 시간밖에 없다. 밤늦게까지 히카루와 무전기로 이야기를 나누는 탓이다.

"하지만 다행이야. 오빠가 건강해 보여서."

"이제 괜찮아. 그동안 걱정 끼쳐서 미안하다."

동생이 선반 위에 놓인 무전기에 눈길을 주었다.

"옛날 생각 나네. 이걸로 히카루랑 놀았는데."

동생은 무전기를 집어 들고 전원 스위치를 켰지만 LED 램프는 깜박이지 않고 잡음도 들리지 않았다.

"건전지가 안 들어 있어. 술에 취하면 히카루 목소리가 들리지만."

동생은 내가 농담을 하는 줄 안 모양이었다.

회사 건강 검진 결과, 술이 과하다는 충고를 들었지만 무시했다. 슈퍼에서 청주, 소주, 와인, 위스키를 사들이는 것이 내 의무였다. 무전기로 환청과 이야기를 나누려면 곤드레만드레 취해야 한다. 기둥이 생물의 내장처럼 구불거릴 만큼 시야가 일그러지고, 푹신한 이부자리에서 몸을 가누지 못해 좌우로 기우뚱할 때까지 술을 들이붓는다. 그러다 보면 어느 순간 무전기의 LED 램프가 빨간색으로 깜박거린다.

"아빠…… 있어?…… 치이이익…… 응가 쌌다!"

대재해가 발생한 지 2년이 지나도 얼굴이 찌푸려질 말을 스스럼없이 꺼낸다. 나는 송신 버튼을 누르고 말했다.

"어유, 그랬구나. 엄마한테 기저귀 갈아달라고 해."

"치이이익…… 아빠 해줘! 치이이익……."

"아빠는 멀리 있어서 안 돼."

"……이리…… 와! 같이…… 놀자! 치이이익……."

죽은 자의 말이 달콤하게 느껴졌다. 만취한 탓에 평소 같으면 생각지도 않을 행동을 했다.

"하는 수 없지. 그럼 잠깐만 기다려."

나는 무전기를 내려놓고 창고로 갔다. 포장용 비닐 끈을 꺼내 목을 맸다.

3

거래처 응접실에서 명함을 교환했다. 가죽 소파에 앉아 미팅을 시작하니 젊은 여사원이 다가와서 내 앞에 찻잔을 내려놓았다.

"다케미야, 왜 그래?"

거래처 담당자가 차를 가져온 사원에게 말했다. 보통은 차를 내어주고 곧장 나가지만 다케미야라고 불린 여자는 움직이지 않았다. 시선이 내 목에 꽂혔다. 그녀는 눈이 마주치자 번쩍 정신이 든 표정으로 고개 숙여 인사하고 응접실에서 나갔다.

내 목에 든 멍을 본 모양이다. 와이셔츠 깃에 가려서 마주앉은 상대에게는 보이지 않으리라고 생각했는데 그녀는 소파에 앉은 나를 위에서 내려다보는 자세였으므로 눈에 들어온 것이리라.

자살은 미수로 끝났다. 끈을 건 곳이 의외로 튼튼하지 못했다. 목을 맨 지 몇 초 지나지 않아 석고보드 벽에 박은 후크가 빠지고 말았다. 그 결과 목숨은 건졌지만 끈 자국이 멍으로 남아 며칠이 지나도 사라지지 않았다.

미팅을 마치고 거래처를 나서는데 주차장에서 누가 말을 걸었다. 차를 내어준 젊은 여사원이 추운 듯이 몸을 떨며 서 있었다.

"저……."

그녀는 편의점 비닐봉지를 들고 있었다. 초콜릿 상자를 내게 내밀었다. 어디서나 파는 상품이다.

"이거 맛있어요. 드셔보세요."

"아아, 이거."

"아세요?"

"아들이 좋아했어요."

그녀가 나에 대해 얼마나 알고 있을지 궁금했다. 목에 든 멍 때문에 말을 건 걸까. 자살하려다 실패했음을 눈치채고 걱정해주는 것인지도 모른다. 감사를 표하고 회사 차에 올라타 시동을 걸었다. 내가 출발할 때까지 그녀는 주차장에 서 있었다.

그 후 우리는 몇 번 얼굴을 마주쳤고 명함을 교환해 연락을 주고받게 되었다. 이름은 다케미야 아키. 수줍은 듯한 미소가 인상적이었다. 처음으로 같이 술을 마셨을 때 그녀가 진지한 표정으로 말했다.

"부탁이니 죽지 마세요."

그녀는 부모님을 대재해로 잃었다.

치이이익…….

내 방에 잡음이 흘러나온다.

"엄마 거기 있니? 바꿔주면 안 돼?"

나는 만취한 상태로 장난감 무전기 송신 버튼을 누르고 말했다. 무전기 일은 누구와도 상의하지 않았다. 아들의 환청을 들으며 제정신을 유지하고 있다고 하면 기이한 눈으로 볼 게 뻔하다. 심리 상담사를 소개하려 들겠지. 하지만 내게는 죽은 자의 목소리가 필요했다. 실제로 존재하지 않더라도. 그 목소리에 치유받고, 나만 살아 있다는 죄책감을 덜 수 있었다.

잡음 사이로 띄엄띄엄 목소리가 들렸다.

"아빠…… 엄마 있어…… 치이이익…… 찌찌통……."

히카루의 유치한 말을 듣고 있는 순간만은 대재해가 일어나기 전 평화로운 시절로 돌아간 듯한 기분이었다. '찌찌통'이라는 말도 히카루가 생전에 즐겨 하던 말이다. 대체 어디서 그런 말을 배웠는지 모른다. 나는 히카루 앞에서 그런 요상한 말을 한 적이 없는데.

"엄마 바꿔줘."

"안 돼…… 히카루가 이야기할 거다…… 치이이익……."

"엄마는 잘 있어? 안 울어?"

"엄마…… 앙앙…… 안 해…… 커다란 찌찌통! 치이이익."

'앙앙'이란 우는 걸 나타내는 유아어다.

"다른 사람도 있어?"

"있어…… 다 있어……."

"거기는 어두워? 밝아? 어떤 곳이야?"

"몰라…… 히카루 뿡 했다…… 치이이익……."

'뿡'은 방귀를 뜻한다. 히카루는 방귀를 뀔 때마다 "뿡 더 하고 싶다!" 하며 계속 방귀를 뀌고 싶어 했다. 방귀 대장이 따로 없다.

"히카루는 거기서 뭐 하고 있어?"

"춤춰…… 엄마랑 춤추지롱……."

나는 히카루의 목소리가 환청이라는 걸 내내 의식하고 있다. 이건 허구의 이야기다. 하지만 정말로 저승이 있고 나쓰미와 히카루가 거기서 죽은 사람들과 행복하게 살고 있다면 얼마나 좋을까. 사람이 종교를 만들고 사후 세계를 이야기하는 건 죽으면 소멸한다는 공포 때문인 줄만 알았다. 어쩌면 세상을 떠난 이들을 사랑하고 또 위로하는 마음이 종교를 만들어낸 사람들의 원동력일지도 모르겠다.

아키와 1년간 알고 지내는 동안 친밀감은 날로 커졌다. 하지만 우리는 어디까지나 친구에 머물렀다. 나는 망설였다. 여자 친구를 사귀면 나쓰미와 히카루를 잊어버릴 것 같았다. 대재해 전에 함께했던 가족을 과거로 삼고 싶지는 않았다. 두 사람이 살아 있었음을, 함께 웃었음을 나만이라도 기억해야 한다. 여자 친구를 만들어 나 혼자만 행복해지는 건 두 사람을 배신하는 짓이라고 느꼈다. 아키는 내가 망설이는 이유를 알고 있다. 내게 직접 물어보지는 않았지만.

"저희 어머니, 후쿠시마 출신이세요."

어느 날 레스토랑에서 식사를 하다가 아키가 말했다. 외가는 원자력발전소 폭발 사고 이후 귀환 곤란 지역으로 지정된 동네에 있다고 한다. 물론 지금은 아무도 살지 않는다. 연간 방사선 노출량이 50밀리시버트를 초과하여 거기서 일정 기간 생활하면 인체에 치명적인 손상을 입을 수도 있다.

"도중에 검문소가 있는데 그 너머로는 못 들어가요. 거기서 차를 세우고 동네 쪽을 바라본 적도 있죠. 특이할 것 없는 산길이 있을 뿐이에요. 방사성 물질이 진짜로 있는지 없는지는 물론 육안으로 보이지 않고요."

어릴 적에 갔던 추억의 장소는 봉쇄되었다. 이제 그곳에 발을 들여놓을 일은 없으리라. 외가와 어머니가 자란 땅을 찾을 일은 두 번 다시 없다.

"방사능은 귀신 같네요."

"귀신?"

"방사능을 겁내서 멀리 달아나는 사람도 있고, 전혀 신경 쓰지 않는 사람도 있어요. 인체에 끼치는 피해도 애매모호해서 영향이 있다는 둥 그런 건 없다는 둥. 그래도 다들 막연한 불안감을 품고 있고 센 척하며 그것을 외면하기도 하죠. 〈귀신은 없어〉라는 노래의 가사가 생각나네요."

그녀는 그렇게 말하고 노래를 한 소절 불렀다.

귀신은 없어
귀신이 있다는 건 거짓말이야
잠이 덜 깬 사람이
잘못 본 거지
하지만 조금은 하지만 조금은

나도 무서워

귀신은 없어

귀신이 있다는 건 거짓말이야

지진과 쓰나미의 영향으로 노심(원자로에서 연료가 되는 핵분열성 물질과 감속재가 들어 있는 부분—옮긴이)이 용융된 후쿠시마 원자력 발전소에서 방사성 물질이 대량으로 쏟아져 나왔다. 우리는 눈에 보이지 않는 방사성 물질이 인체에 어떤 영향을 끼치는지 확실히 모르고서 생활했다. 막연한 불안감을 품은 채 괜찮을 거라고 스스로 타이르며 공기를 마셨다. 그런 나날이 여전히 계속되고 있다.

"모든 경계는 모호해요. 각자 나름대로 현실을 인식하고, 믿는 걸 나름대로 정의해가는 수밖에 없어요."

아키는 이렇게 말을 이었다.

"친구와 연인의 경계 역시 모호해도 괜찮겠죠."

그녀의 얼굴이 새빨개졌다. 나는 더 달아나면 안 된다는 생각에 무전기에 대해 털어놓았다. 환청이 들린다는 것, 바로 히카루의 목소리라는 것, 죽은 사람들을 잊고 싶지 않다는 것을 숨김없이 말했다. 아키는 웃지 않고 끝까지 들어주었다.

내 마음에는 죽은 사람이 자리 잡고 있다. 대재해가 일어나기 전의 그리운 목소리로 찌찌, 고추 같은 말을 연발하는 사람이. 술에 취하면 나는 죽은 사람과 이야기를 나눌 수 있다. 물론 그 사람은 내 마음이 멋대로 만들어낸 허구라서 이 세상에 존재하지 않는다. 하지만 그런 정의에 무슨 의미가 있을까. 모든 경계는 모호한 법이다.

아키는 우리 집으로 와 같이 살게 되었다. 아키는 내 엄청난 주량에 새삼 놀랐다.

"술 좀 줄여요! 죽고 싶어요?!"

"날을 정해서 간에 휴식을 줄게. 4년에 한 번 정도."

"너무 적잖아요!"

그녀는 나와 죽은 사람의 시간을 존중해주었다. 나는 일주일에 몇 번, 정해진 요일에만 술에 취해 무전기로 히카루와 이야기를 나누었다. 그 외에는 술을 일절 입에 대지 않으려고 노력했다.

환청과 대화하는 모습은 결코 보여주고 싶지 않았다. 술에 잔뜩 취해 장난감에 말을 거는 남자라니, 얼마나 우스꽝스럽겠는가. 나도 잘 안다. 그래서 아키에게 그 시간에 집을 비워달라고 부탁했다. 그녀는 친구를 만나 술을 마시거나 패밀리레스토랑에서 책을 읽으며 시간을 보냈다. 나는 죽은 사람과 대화를 나누다가 잠에 빠졌다. 아침에 일어나면 내 몸에는 이불이 덮여 있었다.

2년간 동거 후 나는 결혼을 결심했다. 시청에 혼인 신고서를 제출하여 다케미야라는 그녀의 성씨가 내 것으로 바뀌었다. 결혼식은 치르지 않았지만 친척과 회사 동료들에게 축복을 받았다. 모두가 안심했다는 표정으로 나를 보았다. 그 무렵에는 히카루와 대화하는 시간도 일주일에 한 번 정도로 줄었다. 대신 눈앞에 있는 아키와 대화하는 시간이 늘었다. 그녀와 쌓아 올린 시간이 어느덧 히카루와 함께한 세월을 넘어섰다.

"할 말이 있어. 아빠, 결혼했어. 히카루가 모르는 사람이랑."

나는 술에 취해 무전기에 말을 걸었다. 그날 아키는 나를 혼자 남겨두기 위해 밤새 상영하는 영화를 보러 나갔다. 잡음 사이로 평소와 다름없는 목소리가 띄엄띄엄 들렸다.

"치이이익…… 아빠…… 찌찌!"

몇 년이 지나도 히카루의 말과 행동은 성장하지 않는다. 동갑내기 아이는 책가방을 메고 초등학교에 다니는데.

"알아들었니? 아빠가 말이야, 엄마랑은 다른 사람이랑 결혼했어. 하지만 이건 알아주렴. 아빠는 엄마랑 히카루를 잊지 않을 거야. 날마다 생각할게. 그러니까 용서해줄래?"

"알았어…… 우리 놀자……."

"그래. 옛날처럼 숨바꼭질하자."

"할래! ……궁둥이 냄새나! ……꺄하! 치이이익…… ."

나는 무전기를 든 채 실내를 걸어 다녔다. 술기운 때문에 벽이 부풀었다가 쪼그라드는 것처럼 보였다. 나는 벽장 속에 숨어서 미닫이문을 닫았다. 컴컴한 상태로 목소리를 송신했다.

"자, 숨었다. 아빠 어디 있게?"

"아…… 어디야? ……없는데? ……치이이익…… ."

어둠 속, 무전기에서 흘러나오는 목소리에 귀를 기울였다. 대재해가 일어나기 전, 우리는 자주 이렇게 놀았다. 조금씩 힌트를 주어 숨은 사람을 찾아냈다. 하지만 그날 아무리 기다려도 히카루는 나를 찾지 못했다. 환청이니까 당연한 일이지만.

"아빠 없다! ……치이이익…… 엄마가 불러…… ."

"엄마가? 뭐라는데?"

"에비, 그래…… 치이이익…… 거기 에비라고…… ."

'에비'란 '안 된다'는 뜻의 유아어다. 어린아이를 상냥한 투로 야단치며 충고할 때 사용한다.

"치이이익…… 아빠! ……거기 가고 싶어!"

나는 어둠 속에서 무전기를 꽉 움켜쥐었다. 이렇게 말할 수밖에 없다.

"……여기는, 에비야. 엄마가 그렇다니까 어쩔 수 없네. 히카루,

엄마 말 잘 들어야지. 앙앙 하면 안 돼."

"알았어…… 앙앙 안 할게……."

"안녕, 히카루."

"바이바이…… 찌찌통…… 또 놀자……."

몇 년이 지나도 후쿠시마 일부 지역은 개방되지 않았다. 원자력 발전소 관련 발언은 정치가를 선택하는 중요한 기준이 되었다. 아무튼 도호쿠 지방은 부흥이 진행되었고, 아내는 임신했다.

가족이 늘어날 테니 맨션을 구입하는 게 어떻겠냐는 이야기가 나왔을 무렵, 집에 불이 났다. 같이 산부인과에 다녀오는 길에 소방차가 나와 아키를 앞질러 갔다. 우리는 설마 하며 걸음을 빨리 했다.

연립주택 앞에 사람들이 모여 있었다. 검은 연기가 하늘로 피어올랐다. 소방차에서 물을 뿌려 창문으로 뿜어져 나오는 불길을 잡으려 했다. 화재가 제일 먼저 발생한 곳은 우리 집이 아니었다. 그 사실을 알고 우리는 안도했다. 하지만 불은 이미 연립주택 전체로 번졌다. 다른 입주자 몇 명이 멍한 표정으로 불길을 올려다보았다. 실내복 차림으로 밖에 나온 사람도 있었다.

아키가 앞으로 나서서 연립주택으로 다가갔다. 소방대원 한 명이 이를 제지하려 했으나 그 전에 내가 아키의 팔을 잡았다.

"아키!"

내가 소리치자 아키가 고개를 돌리고 창백한 얼굴로 말했다.

"집이…… 무전기가……."

"안 돼. 포기해."

"하지만."

"됐어. 이제 됐어."

나는 잡은 손을 놓지 않았다. 무전기가 불타면 다시는 히카루의 환청을 못 듣는다. 사실은 좀 더 일찍 이별을 고했어야 하리라.

"이걸로 된 거야. 고마워."

마음을 정하자 눈물이 솟았다. 그날, 만약 내가 아내와 아들 곁에 있었다면 물결 사이로 사라지려는 두 사람의 손을 지금처럼 꽉 붙잡을 수 있었을까. 가지 말라고 외치며 이 세상에 붙들어둘 수 있었을까. 화염이 아키의 얼굴을 비추었다. 나는 코를 훌쩍이며 그녀가 불안해하지 않도록 고개를 들기로 했다. 나는 아직 살아 있으니까. 이 세상 쪽 사람이니까. 흩날리던 불똥이 식어서 재로 변했다. 그리고 눈처럼 우리 머리 위에 떨어졌다.

아이가 태어났다. 이번에는 딸이었다. 한동안 잠을 이루지 못하는 나날이 계속되었다. 몇 시간 간격으로 배가 고프다고 우는 아이에게 젖을 먹이고 기저귀도 갈아야 한다. 잠이 부족해서 퀭한 눈으로 아키가 젖을 물렸고, 나도 젖병에 분유를 타서 먹였다. 여자아이는 남자아이보다 성장이 빠른지 어느새 일어서서 걸음마를 뗐고, 그 시기에 접어들었다.

"아빠! 놀자! 찌찌!"

이다음은 나도 경험하지 못했다. 어느덧 딸은 기억 속에 있는 히카루보다 키가 커졌고 얼굴이 찌푸려질 만한 말도 그치더니 갑자기 얌전해졌다. 딸이 중학교에 입학했을 즈음에 나는 완전히 아저씨가 되었다. 아내와 딸은 얼굴이 똑 닮아서 자매처럼 보이기도 한다.

어느 일요일이었다. 몇 년 전부터 기르던 개를 산책시키고 돌아오자 딸이 벽장을 열고 종이 상자에 넣어둔 낡은 앨범을 꺼내서 보고 있었다. 대재해로 잃은 전처와 아들의 사진이다. 화재 현장에서 추억이 깃든 물건을 몇 가지 찾아냈다. 전부 무사하지는 않았지만 다행히도 앨범은 거의 불타지 않았다.

같이 쭉 훑어본 후, 딸이 앨범을 종이 상자에 넣으려고 했다.

"아, 이거……."

딸은 이렇게 말하며 상자에 든 무전기를 꺼냈다. 파란색 플라스틱이 녹아서 변형되었고 내부 기판까지 까맣게 탔다. 화재가 진화된 후에 앨범과 함께 찾아서 보관해두었지만 그날 이후 히카루의 목소리를 듣지 않았다.

"저기, 아빠. 이거 고장 났지?"

"보면 알잖아. 이래서야 소리가 나겠니."

딸은 신기하다는 표정으로 무전기를 이리저리 살펴보았다. 송신 버튼을 눌렀지만 플라스틱이 찌그러져서 잘 눌리지 않았다.

"하지만 내가 어렸을 때 여기서 소리가 난 것 같았는데. 망가진 라디오처럼. 무슨 이상한 전파라도 수신한 걸까?"

딸은 무전기를 상자에 넣고 일어서서 쓴웃음을 지으며 말했다.

"찌찌통이라 그러더라고."

내
머리가

정상이라면

1

남편은 사교적인 성격이라 친구가 많았다. 사람들과 신나게 술을 마시기를 좋아했고 선후배들이 흠모했다. 얼굴도 잘생겨서 사귈 당시 나한테는 아까운 사람이라 여겼다. 우리는 결혼하여 딸을 얻었다. 유코. 우리 딸이다.

하지만 딸이 태어나기 얼마 전부터 나는 남편을 불신하게 되었다. 말과 행동 구석구석에서 성차별적인 의식을 느꼈기 때문이다. 남편은 남자다움과 여자다움을 강조했다. 남자는 밖에서 일해 돈을 번다. 여자는 집안일을 하며 남자가 돌아오기를 기다린다. 그러므로 내가 일하려고 하면 싫어했고, 밖에서 돈을 버는 자신을 존경하길 원했다. 이야기하다가 의견이 갈리면 아내는 남편을 따르는 법이라며 화를 냈다.

아이도 여자가 키워야 한다고 생각했으므로 남편은 유코를 돌보지 않았다. 유코가 울어도 "애가 울잖아. 어떻게 좀 해봐" 하고 재촉만 했다. 그래도 자기 아이는 귀여운지 사진을 잔뜩 찍어서 회사 동료들에게 보여주었고 생일에는 선물을 사주었다. 가끔 남편의 자상함을 느낄 때마다 나는 잘못된 결혼이 아니었다고 스스로 타일렀다.

남편은 운동을 좋아하여 피트니스 클럽에도 다녔다. 실컷 땀을 흘린 후 샤워를 하고 클럽에서 사귄 친구들과 수다를 떨다가 돌아온다. 하지만 밖에서와는 반대로 집에 있을 때는 소리를 버럭버럭 지르며 나를 아무렇게나 대했다. 시부모가 그런 관계였던 모양이다. 고풍적이고 완고하면서도 존경할 만한 아버지와 그에 얌전히 복종하는 어머니, 그게 남편이 바라는 이상적인 부부였는지도 모르겠다. 남편은 나를 때리기까지 했지만 '네가 잘못해서 그렇다', '버릇을 들이기 위해서다'라고 주장했다. 나 역시 남편의 기대에 부응하지 못한 자신이 한심하다는 생각이 들어서 그 말에 수긍하고 만다.

네 살쯤 되자 유코는 남편과 같이 있을 때마다 어깨가 뻣뻣하게 굳을 만큼 긴장했다. 남편이 과연 그걸 알고 있었는지는 의심스럽다. 왜냐하면 나와 단둘이 있을 때 유코가 짓는 편안한 표정을 남편은 본 적이 없기 때문이다.

유코는 머리가 좋았다. 그래서인지 자주 남편에게 안겨서 "아빠, 좋아해" 하고 애교를 부렸다. 사랑을 표현해야 크게 혼나지 않고 보호받을 수 있다고 본능적으로 깨달은 것이리라. 또한 이렇게 말로 표현함으로써 유코의 마음속에도 아빠를 사랑하는 마음이 어느 정도 싹튼 듯했다. 어린아이는 부모가 어떤 인간이든 사랑하려 드는 법이니까. 딸이 안겨서 애교를 부리니 남편도 싫지는 않은 모양이었다. 기분이 좋으면 고함도 덜 지르니까 내게도 바람직한 일이었다.

이혼을 결심한 것은 유코의 다섯 살 생일이 얼마 남지 않았을 무렵이었다. 남편은 회식을 하고 술에 취해 돌아왔다. 그대로 욕실로 직행했는데 내가 욕조의 온도 유지 스위치를 누르는 걸 깜박하는 바람에 욕조에 받아둔 뜨거운 물이 거의 다 식어버렸다. 남편은 화가 났다. 무서웠다. 내가 사과하고 있자니 잠들었던 유코가 나와서 겁에 질린 눈으로 쳐다보았다. 유코는 그냥 아빠를 보았을 뿐인데 남편은 뭐가 거슬렸는지 유코에게도 고함을 질렀다. 그러다가 조그마한 유코를 발로 확 밀었다. 취해서 힘 조절을 못한 걸까. 호되게 넘어진 유코는 텔레비전 받침대 모서리에 머리를 찧었다. 피가 났으므로 나는 유코를 안고 택시로 병원에 갔다.

남편은 "고작 그 정도 다친 것 가지고 유난 떨기는" 하고 웃었는데 그 말이 맞을지도 모른다. 출혈량에 비하면 유코의 상처는 별것 아니었다. 하지만 그 일을 계기로 나는 달라졌다. 이대로 남편과 같이 살다가 언젠가 유코가 더 크게 다치지는 않을까 걱정되었다.

여동생에게 상담하자 그런 문제를 전문으로 다루는 변호사를 소개해주었다. 변호사는 딸의 진단서와 내 몸에 생긴 멍을 사진으로 찍어두라고 조언했다. 남편의 고함도 몰래 녹음했다. 한 달 정도 준비 기간을 거쳐 나는 유코를 데리고 도쿄 고가네이시에 있는 친정으로 피신했다. 이혼하겠다는 뜻은 변호사를 통해 남편에게 전했다. 남편은 뜻밖에도 분통을 터뜨리지 않고 "아내에게 미안하다고 전해주십시오" 하고 차분하게 말했다고 한다. 우리의 결혼생활은 6년 만에 끝났다.

우리는 사무 처리하듯 덤덤하게 관계를 청산했다. 나는 전남편에게 마지막까지 큰소리를 내지 못했다. 정신적으로 굴복한 상태였으므로 대놓고 대꾸하거나 언성을 높일 엄두가 나지 않았다.

남편 없는 생활이 시작되었다. 친정에는 어머니와 스물다섯 살먹은 여동생이 있다. 거기에 나와 유코가 얹혀산다. 평화로운 나날이었다. 동생은 유코와 잘 지냈다. 내가 싱글맘이라서 그런지 어린이집도 우선순위로 배정되었다. 나이 든 어머니는 유코의 조그마한 손을 잡고 신사로 산책을 다녔다.

왜 이혼했는지 전남편 주변에도 소문이 퍼진 모양이었다. 나와 전남편을 둘 다 아는 지인과 문자메시지를 주고받았는데 그가 가정 폭력을 휘둘렀다는 사실에 다들 놀랐다고 한다. 개중에는 내가 사실을 왜곡해서 일을 키운 것이 아니냐는 사람도 있는 모양이다. 그런 사람은 내버려두면 된다. 평생 볼 일 없는 사람이 뭐라고 떠들든 알 바 아니다.

재산 분할도 문제없이 끝났고 양육비는 한 달에 한 번 직접 건네받기로 했다. 은행 송금이 아니라 직접 받기로 한 것은 아이를 보여주기 위해서다. 한 달에 한 번 유코와 만나는 것이 이혼을 진행하며 전남편이 유일하게 양보하지 않은 조건이었다. 변호사는 이의를 제기해서 면회 요구를 거절할 수도 있다고 했다. 하지만 일이 원만하게 마무리되기를 바라는 마음에서 나는 그 조건을 받아들였다. 유코는 쌍방 모두의 자식이다. 딸을 보고 싶어 하는 전남편의 심정은 이해가 갔다. 다만 면회 장소는 사람이 많은 번화가로 한정했다. 다른 사람이 보는 곳에서는 문제 될 만한 짓을 일으키지 않으리라.

초여름에 세 번째로 면회를 했다. 유코는 아침부터 시무룩한 표정이었고 집을 나설 때도 "가기 싫어" 하고 투정을 부렸다. "아빠 보고 싶지 않아?" 하고 묻자 딸은 고개를 끄덕였다. 전남편이 좋지 않은 기억으로 남은 모양이었다. 긴장한 유코의 손을 잡고 전철을 타 시내에 나갔다. "어쩌면 아빠가 장난감을 사줄지도 몰라" 하고 살살 달래자 유코는 그제야 기분이 나아졌다.

전남편은 면회 장소인 카페테라스에 앉아 있었다. 세 번째쯤 되자 전남편과 마주해도 예전보다는 마음이 차분했다. 우리는 커피를, 유코는 오렌지주스를 마시며 근황을 이야기했다. 잠시 잡담을 나눈 후 다음 화제를 찾았다. 하늘이 맑아서 기분이 좋았다. 시간이 느긋하게 흘렀다.

전남편은 유코를 사랑스럽게 바라보다가 "더 큰 거 아니야?" 하고 말했다. 그리고 "셋이서 다시 시작하지 않을래?" 하고 제안했다. 내가 고개를 젓자 "그렇군" 하고 어깨를 축 늘어뜨렸다.

"그럼 어쩔 수 없지, 이 망할 년아."

공원 옆에 위치한 카페에서 조금 떨어진 곳에 왕복 6차선 도로가 있었다. 크레인을 싣고 건설 현장으로 향하는 대형 차량도 지나다니는 통에 땅이 울리는 소리가 들렸다. 전남편이 앉아 있는 내 앞으로 다가와서 힘껏 따귀를 갈겼다. 뇌진탕이라도 일어난 게 아닐까 싶을 만큼 강한 충격이었다. 유코는 빨대를 문 채 얼떨떨한 표정을 지었다. 전남편이 딸을 억지로 일으켜 세워서 질질 끌고 갔다.

　유코가 비명을 지르자 주변 사람들이 무슨 일이냐는 듯 돌아보았다. 나는 바로 쫓아가지 못했다. 너무나 갑작스러운 사태라 머리가 제대로 안 돌아갔고 하반신에도 힘이 들어가지 않았다. 전남편과 딸이 멀어져갔다. 유코를 택시에 태워 자기 집에 데려가려는 것 아닐까 싶었다. 딸을 볼모로 예전처럼 같이 살자고 강요하려는 것 아닐까. 결론부터 말하자면 전남편은 그럴 생각이 없었지만.

　"누가 좀 붙잡아요! 제발!"

　아무튼 크게 소리를 질렀다. 유코는 질색하며 손을 뿌리치려고 기를 썼지만 어른 힘은 당해낼 수 없었다. 한 팔을 단단히 붙잡힌 채 흘금흘금 돌아보는 사람들 사이로 질질 끌려갔다. 나는 간신히 몸을 일으켜서 비틀비틀 쫓아갔다. 전남편은 나를 힐끗 보고 다 네 잘못이라는 듯한 표정을 짓더니 입가를 일그러뜨려서 웃었다.

　"누가 좀 도와주세요! 저 사람을……!"

　아무도 나서지 않았다. 유코는 도리질을 하듯 고개를 좌우로 흔들었다. 전남편은 유코의 팔을 잡아당기며 가드레일의 트인 부분으로 도로에 내려섰다. 아무 망설임도 없이, 횡단보도라도 건너는 것처럼 태연하게.

　트럭이 전남편을 쾅 치었다. 직후에 급브레이크를 밟는 소리가 울려 퍼졌다. 주변에서 비명이 일었다. 그는 즉사했다. 유코도 무사하지는 못했다. 바퀴에 깔려 배가 터졌고 머리도 깨졌다. 나는 달려가서 "괜찮아. 아직 안 늦었어. 힘내" 하고 딸을 격려하며 흘러나온 것을 그러모아 몸속에 돌려놓으려고 했다.

2

개천을 날아다니는 나비 꿈을 꾸었다. 환청인지 아닌지는 판단하기 어렵다. 입원 중에 나는 존재하지도 않는 목소리에 시달렸다. 잘못 들은 소리를 의심하고 부풀려서 내게 한 말이라고 믿었다. 믿음은 존재하지도 않는 말들에 현실과 동등한 질량을 부여했다. 환청은 나를 탓했다. 그 일은 전부 네 책임이다. 유코는 아빠를 만나기 싫어했는데 네가 데리고 나간 탓에 죽었다. 도리질을 하며 차 앞으로 끌려갔다. 네 탓이다. 네 탓에 죽었다.

3년간 자살 미수와 입퇴원을 되풀이하며 전남편이 왜 그런 짓을 저질렀는지 스스로 묻고 또 물었다. 딸을 데리고 내 눈앞에서 동반 자살. 그는 마지막까지 내게 상처를 주어야 속이 시원했던 것이다. 그 결론에 다다를 때마다 온갖 감정으로 뇌가 뒤죽박죽된 끝에 새까만 구멍으로 떨어지는 기분을 맛보았다. 주변에도 폐를 끼쳤다. 동생은 붕대 감는 실력이 좋아졌다. 내가 늘 팔을 쥐어뜯으니까. 항정신병약 덕분에 예전처럼 폭발하는 일은 없어졌다. 뚜껑을 잘 덮을 수 있게 되었다. 슬픔이 넘쳐흐르기 전에 뚜껑을 덮어서 정상 상태를 유지하는 것이다.

퇴원하여 본가에서 요양하던 시기에 그 목소리를 들었다. 동생이나 어머니와 함께 개천가를 산책하는 것이 내 일과였다. 고가네이시의 집 옆, 주택지를 가로질러 흐르는 '노가와'라는 이름의 개천이 있었다. 개천 양옆은 폭이 몇 미터쯤 되는 아담한 둑으로, 근처 주민이 개를 산책시키곤 했다.

초여름 햇살이 나무와 풀과 꽃에 쏟아졌다. 나비가 날갯짓을 하며 살랑살랑 날아다녔다. 집을 나서서 둑길을 15분쯤 걸었을 때 갑자기 아이 목소리가 들렸다. 나는 걸음을 멈췄다. 바람을 타고 사라져버릴 만큼 가냘픈 여자아이 목소리였다. 주변을 둘러보았지만 여자아이는 없었다.

"지금 무슨 소리 안 들렸어?"

"응? 소리?"

그날은 동생과 함께 나왔다. 동생은 귀를 기울이는 시늉을 했다. 바람이 개천 둑에 자란 풀을 흔들자 사락사락 소리가 났다.

"아이 목소리가 들린 것 같았는데."

"아이 목소리……."

"잘못 들었나 봐."

나는 다시 걸음을 옮겼다. 개천을 따라 걸어가면 나오는 공원에서 벤치에 앉아 잠깐 쉬다가 돌아가는 것이 평상시 산책 코스다. 동생은 조금 늦게 따라왔다. 동생은 대학을 졸업하고 중소기업에서 사무직으로 일하다가 현재는 구직 중이다. 결혼 상대를 찾으러 친구가 마련하는 술자리에 참석하는 걸 빼면 집에서 속 편하게 지내고 있다. 동생이 걱정스러운 듯 물었다.

"또 환청이 들리는 거 아니야?"

개천과 둑은 주위 주택지보다 낮은 지대에 있다. 주택지 골목길은 개천과 교차하는 지점에서 다리와 이어지므로 둑길을 걸어가는 우리는 다리 밑을 통과하며 이야기를 나누었다. 아까 희미하게 들린 아이 목소리를 떠올리자 가슴이 서늘해졌다. 비장감으로 가득한 목소리였기 때문이다. 그건 환청이었을까. 내 귀에는 이렇게 들렸다.

"엄마, 살려줘……. 엄마……."

올해 예순 살인 어머니는 매일 아침 불단 앞에서 손을 모은다. 불단에는 아버지와 유코의 사진이 나란히 놓여 있다. 그 사건으로 나도 상처를 입었지만 어머니도 깊은 어둠 속으로 떨어졌다. 하지만 어머니는 마음을 굳게 먹었고, 자살 미수를 되풀이하는 나를 보듬어주었다. 어머니가 고마울 따름이다. 그러니까 더는 걱정을 끼치고 싶지 않았다. 어머니와 동생의 도움 없이도 다시 사회생활을 하도록 노력해야 한다. 따라서 환청 같은 걸 들었다고 집에 말하기는 꺼려졌다. 어머니, 나, 동생 셋이서 겨우 예전처럼 식탁을 둘러싸고 밥을 먹을 수 있게 되었는데 환청이 들렸다는 건 내 상태가 다시 악화되었다는 증거니까.

하지만 여자아이의 목소리는 한 번으로 그치지 않았다. 다음 날, 이번에는 어머니가 산책에 따라나섰다. 둑길은 연장자가 걷기 운동을 하기에도 적합하다. 공원 방향으로 15분쯤 나아가자 어제와 똑같은 곳에서 또 그 목소리가 들렸다.

"살려…… 줘……. 엄마……."

새가 지저귀는 소리에 섞여서 들렸다. 의식을 집중하지 않으면 놓칠 만큼 가냘프다.

"엄마, 무슨 소리 안 들려?"

"소리라니?"

"아이 목소리. 으으응, 아무것도 아니야. 기분 탓인가 봐."

어머니가 귀를 기울였다. 아이 목소리가 이어졌다. 어디서 들리는지는 모르겠다. 이윽고 어머니는 고개를 저었다. 역시 안 들리는 모양이다.

나는 시험 삼아 손바닥으로 두 귀를 꽉 막아보았다. 두르르르 소리가 난다. 근육이 떨리는 소리다. 아이 목소리는 그 밖의 잡다한 소리와 함께 사라졌다. 그리고 귀에서 손을 떼자 다시 들렸다.

"엄마……, 제발……, 아빠……."

동생도 어머니도 그 목소리가 안 들린다고 한다. 어머니의 귀가 어두워진 건 아닐까. 하지만 일상생활을 하면서 그런 느낌은 못 받았다. 오히려 나와 동생이 깜박 놓친 초인종 소리에 반응하기도 한다. 역시 내 머리가 이상한 건지도 모른다. 그게 현실적인 판단이리라.

걱정스러운 듯이 바라보는 어머니에게 괜찮다며 웃었다.

"어제도 요 부근에서 이상한 목소리가 들렸어."

"약은 잘 챙겨 먹니?"

"그럼."

항정신병약은 내 일상생활을 도와주는 소중한 파트너였다. 오늘도 과다 공급된 도파민의 수용량을 조절해주고 있다.

산책을 마치고 집에 돌아온 후에도 그 목소리가 머리를 떠나지 않았다. 내 방 침대에 누워 창문으로 옆집 지붕과 텔레비전 안테나, 파란 하늘을 쳐다보았다. 내가 결혼하기 전까지 사용했던 방은 2층에 있다. 이혼하고 한동안은 유코도 이 방에 기거했다.

방구석에 있는 오래된 카세트 라디오를 재생해보았다. 카세트 테이프 릴이 회전하자 스피커에서 유코의 목소리가 흘러나왔다. 여기서 살 때 장난삼아 녹음한 것이다. 스마트폰으로도 간단하게 녹음할 수 있는 시대지만 카세트 라디오에는 그것과는 또 다른 매력이 있었다. 유코의 노랫소리를 들었다. 자신에게 어떤 운명이 닥칠지도 모르고 딸은 천진난만하게 노래를 불렀다.

산책할 때 들린 목소리는 단순한 환청일까. 아니라면 과연 그 목소리는 뭘까 궁금했다. 환청이라면 그건 죽은 유코의 목소리가 아닐까. 하지만 아무래도 이상하다. 또렷하게는 못 들었지만 아무래도 유코의 목소리는 아닌 것 같았다. 카세트 라디오에서 흘러나오는 노랫소리와 비교하자 확신이 들었다. 그건 유코가 아니다. 다른 아이 목소리다. 그렇다면 나는 누구의 목소리를 들은 걸까.

환청이라면 딱히 이상할 것 없다. 낯선 목소리가 말을 걸고 나무라고 명령하는 것은 흔한 일이다. 제일 심했을 때는 방에 투명 인간 같은 존재가 몇 명이나 있었다. 그들은 이불을 뒤집어쓴 나를 들여다보며 책임을 지라고, 죽으라고, 너야말로 차에 치여야 했다고 채근했다. 내가 자살을 시도한 것도 그들에게 명령을 받았기 때문이다. 투명 인간들은 내 내면이 투영된 존재였으리라. 딸에게 품은 죄의식이 그들을 창조해 환청을 들려준 것이라고 지금은 분석할 수 있다. 그렇다면 이번에 들은 여자아이의 목소리는 어떤 의식이 작용해서 만들어진 걸까. 유코의 노래가 녹음된 부분이 지나가자 카세트 라디오에서는 아무 소리도 나지 않았다. 더 많이 녹음해둘 걸 그랬다.

산책을 나갈 때마다 같은 곳에서 그 목소리가 들렸다. 똑똑히 들리는 날도 있었지만 함께 나온 동생에게는 역시 안 들리는 모양이었다. 동생만 그런 게 아니다. 개를 산책시키는 사람과 걷기 운동을 하는 사람도 무덤덤하게 지나간다. 역시 내게만 들리는 모양이다. 동생은 매번 같은 곳에서 걸음을 멈추는 나를 기이하게 느꼈으리라.

목소리가 어디서 나오는지 알고 싶었다. 머릿속에서 들려오는 걸까? 아니면 개천 옆에 늘어선 집들 중 한 곳에서 들리는 걸까?

"이제 안 따라 나와도 돼. 산책 정도는 혼자 다닐 수 있어. 휴대전화도 있잖아."

어느 날 동생과 어머니에게 제안해보았다. 두 사람은 나를 걱정했지만 결국 동의해주었다. 혼자 산책을 하려는 데는 이유가 있다. 환청인지 뭔지 모를 목소리와 정면으로 맞서고 싶었다. 그러려면 혼자 행동해야 한다.

조사 결과 역시 환청으로 판명되어 내 머리가 다시 이상해졌다는 사실을 확인한다면 그걸로 안심이다. 내 머릿속에서 끝날 환청이라면 아무 문제도 없으리라. 제일 평화로운 결론이다. 하지만 내 머리가 정상이라면 불행한 일이다. 실제로 여자아이가 목소리를 내고 있을지도 모른다는 뜻이니까. 그 목소리가 어디서 들리는지 찾아내서 무슨 수단을 강구해야 한다. 내 머리가 정상이라면……. 내가 정상일까 봐 우려해야 하다니 얄궂기 그지없지만.

3

실은 죽은 유코의 목소리가 들리던 시기도 있었다. 입원하기 직전, 집에서 요양했을 때다.

"엄마……, 엄마……."

어디선가 유코가 부르는 소리가 들려서 몹시 놀랐다. 틀림없이 딸의 목소리였다.

"살려줘, 엄마……."

내가 계속 그리워해서 돌아온 거구나. 이런 기적도 있구나. 나는 딸의 목소리가 들리는 걸 당연하게 받아들였다. 어디 있니? 보고 싶어서, 끌어안고 싶어서 방 곳곳을 찾았다. 침대 밑, 벽장 속, 서랍, 유코는 어디에도 없었다. 목소리가 나는 쪽으로 다가가면 다시 멀어졌다. 방 끝까지 가자 벽 너머에서 들렸다. 유코는 밖에 있는지도 모른다. 나는 방에서 나와 계단을 내려갔다. 현관에서 샌들을 신고 밖으로 뛰쳐나갔다.

"엄마……."

목소리가 들리는 방향으로 주택지를 걸었다. 생각 외로 바람이 차가워서 몸이 금방 식었다. 걸어가며 담과 담 사이, 산울타리 틈새 등 길고양이나 드나들 법한 곳을 들여다보며 딸의 이름을 불렀다. 유코가 그런 곳에 웅크리고 앉아 울고 있지 않을까 싶었다. 빨리 찾아내지 않으면 또 사라진다. 애가 탔다.

지나가던 사람이 나를 보고 흠칫 놀란 표정을 지었다. 그제야 얼굴이 엉망이라는 것이 생각났다. 머리도 부스스했다. 아까 그 사람은 두꺼운 코트를 입었는데 나는 너무 얇게 입었다. 입술도 새파래졌으리라.

잠시 후 딸의 목소리가 뚝 끊겨서 어찌할 바를 몰랐다. 신사에 주저앉아 있으니 동생이 달려와서 웃옷을 걸쳐주었다. 이웃 사람이 나를 보고 집에 연락을 주었다고 한다.

"유코의 목소리가 들렸어……."

그렇게 변명하자 동생은 눈물을 글썽이며 고개를 끄덕였다.

유코의 손을 붙잡고 도로로 향하는 남편의 뒷모습이 자꾸 떠오른다. 차가 오가는 도로는 삼도천(사람이 죽어서 저승으로 가는 중에 있는 큰 개천—옮긴이)이다. 그는 딸과 함께 삼도천을 건너려고 했다. 내게 화풀이하려고 딸을 데려간 걸까. 혼자서는 외로웠던 걸까. "셋이서 다시 시작하지 않을래?"라고 했을 때 고개를 끄덕일 걸 그랬다. 그가 자존심을 다치지 않도록 배려해서 대답할 걸 그랬다. 그에게 평생 굴복해서 살 걸 그랬다. 그 어떤 근심과 고뇌도 아이를 잃는 일에 비하면 아무것도 아니다.

윗옷 앞자락을 여미고 경내를 바라보았다. 어느덧 눈이 내리고 있었다. 하얀 눈송이가 거뭇거뭇한 땅에 천천히 떨어졌다. 아아, 지금은 겨울이었구나. 나는 깨달았다.

나는 늘 오후에 산책을 나간다. 동생이 자주 따라 나온 것은 물론 내가 걱정되었기도 했겠지만 집에서 빈둥빈둥 놀자니 눈치가 보였기 때문인지도 모르겠다. 산책에 따라오지 않아도 된다고 내가 선언한 다음 날 동생은 "일을 안 하고 살 방법은 없을까"라고 투덜대며 고용 센터에 갔다.

나는 평소 아침에 시간을 정해놓고 약을 먹는다. 의사가 처방한 항정신병약. 조현병과 조증 치료에 사용 허가를 받은 정신과 약이다. 중뇌 변연계의 도파민 회로가 과도하게 활동하는 것이 환각과 환청이 발생하는 원인 중 하나다. 항정신병약에는 그걸 억제하는 효과가 있다. 증상이 심했을 때는 효력이 강한 약을 먹었지만 최근에는 부작용이 적은 대신 효력이 약한 약을 처방받았다.

산책하다가 들린 아이 목소리가 환청이라면 이 약이 듣지 않았다는 뜻이다. 약에 내성이 생긴 걸까. 약효가 떨어지기 시작하는 시간과 오후 산책 시간이 우연히 겹친 건지도 모른다. 여자아이의 목소리가 환청인지 아닌지, 이 약을 판단의 실마리로 쓸 수 있을 것 같았다. 그래서 오늘은 일부러 약을 먹지 않고 호주머니에 감추었다.

나는 다음과 같은 계획을 세웠다. 일단 약을 먹지 않고 산책을 나가서 아이의 목소리가 들리는지 확인한다. 그 목소리에 변화가 생긴다면 뇌의 도파민 수용량과 관련 있는 셈이므로 환청일 확률이 크다고 볼 수 있다.

오랜만에 약을 먹지 않고 오후를 맞이했다. 어머니와 둘이서 점심을 먹은 후 산책 시간이 되어 손가방에 물통을 챙겼다. 운동화를 신고 집을 나서니 어머니가 걱정스러운 표정으로 배웅했다.

"무슨 일 있으면 꼭 전화하렴."

"응, 알았어."

이때까지만 해도 비교적 마음이 차분했다. 하지만 둑길을 걷다가 산책하는 개가 날 보고 짖은 것을 계기로 근거 없는 불안감이 밀려들었다.

유코를 잃은 날의 순간순간이 머릿속에 떠올라 무의식중에 혼잣말을 했다. 정기적으로 먹던 항정신병약을 끊으면 일시적으로 증상이 악화된다고 들었는데 그것인지도 모른다. 혼자 밖을 돌아다닌다는 해방감이 사라지고 허전함과 불안함이 커졌다.

발밑만 보며 걷자니 개미가 들끓는 곤충 사체가 눈에 들어왔다. 개천에 걸린 다리를 몇 개 통과했다. 죽은 생선같이 고약한 냄새가 코를 찔렀다. 죽음을 연상시키는 모든 것이 유코의 기억과 직결되어 가슴이 턱 막혔다. 그래도 멈추지 않고 아이의 목소리가 들리던 곳까지 갔다.

멈춰 서서 귀를 기울이자 흐느껴 우는 듯한 목소리가 들렸다.

"엄마……."

잠시 그 목소리에 신경을 집중했다. 지금까지와 다름없는 소리. 약을 복용하지 않았다고 해서 목소리가 더 명료해지지는 않았다. 주변을 둘러보았지만 앞뒤로 개천과 둑이 뻗어 있을 뿐 아이는 보이지 않았다. 개천과 둑을 사이에 두고 한 단 높은 위치에 조성된 주택지에 단독주택이 줄지어 있었다.

"엄마……, 엄마……."

나는 호주머니에서 알약을 꺼내 입에 넣고 물을 삼켰다. 약효가 나타날 때까지 여기에 있어야 한다. 한 시간쯤 지나면 약의 혈중농도가 최고치에 달하고, 그 후 몇 시간에 걸쳐 천천히 낮아진다고 알고 있다.

개천 수면을 바라보며 여자아이의 목소리를 들었다. 넌 누구니? 어디 있어? 말을 걸면 대답해줄까. 하지만 그 모습을 누가 보기라도 하면 즉시 입원이다. 지금은 자중하자. 그사이에 사람이 몇 명이나 지나갔지만 여자아이의 목소리를 듣고 멈춰 서는 사람은 없었다. 30분이 지나고 한 시간이 지나도 여전히 목소리가 들렸다. 크기와 내용에 거의 변화가 없었다.

뇌의 도파민 수용량과는 무관하다는 뜻인가. 환청인지 아닌지 판단하자면 아니라는 쪽에 한 표를 던지고 싶다. 환청이 아니다. 적어도 항정신병약의 영향을 받는 것은 아니라고 해야 할까.

걱정됐는지 어머니에게 전화가 왔다.

"응, 이제 갈게. 걱정 마."

나는 전화를 끊고 자리를 뜨기로 했다. 슬슬 돌아갈 시간이 된 모양이다. 하지만 해보고 싶은 일이 딱 하나 더 있었다. 둑에서 주택지로 올라가는 계단은 일정한 간격으로 설치되어 있다. 나는 계단을 올라 단독주택이 늘어선 길로 들어갔다. 동생이나 어머니와 함께 나왔을 때는 못 했던 일. 나는 평소 산책하던 길에서 벗어났다.

"엄마……."

여자아이의 목소리에 귀를 기울이며 이동했다. 목소리가 잠잠해지면 들리는 곳까지 되돌아갔다. 그렇게 주택지를 빙빙 헤매고 있자니 유코의 목소리가 들리던 날이 떠올랐다. 지나가던 사람이 놀랄 만한 몰골이었지만 나는 딸이 어딘가에 있다고 믿어 의심치 않았다. 유코가 돌아왔으니까 내가 찾기만 하면 된다고 생각했다. 그런 경험을 해봤으니 이번에는 신중해야 한다. 먼저 의심해야 할 것은 내 머리다. 목소리가 들렸다고 해서 그걸 무작정 사실로 받아들여서는 안 된다.

목소리가 들리는 범위를 확정해 그 중심으로 다가갔다. 마침내 도착한 곳은 개천 옆에 위치한 평범한 분양주택이었다. 지은 지 20년쯤 되었을까. 창문은 꼭 닫혔고 커튼도 쳐졌다. 며칠이나 꺼내지 않았는지 우편함은 배달된 우편물로 넘쳐났다. 차는 없지만 주차장 한구석에 먼지를 뒤집어쓴 여아용 세발자전거가 있다. 여기가 틀림없다. 환청인지 뭔지 모를 목소리가 발생하는 곳이다.

집 안에서 목소리가 났다.

"살려주세요……."

초인종을 누를까 말까 망설였다. 누르면 무슨 일이 벌어질까? 누가 현관으로 나온다? 아니면 아무도 안 나온다? 사람이 사는 기척은 없다. 하지만 내 귀에는 여전히 여자아이의 목소리가 들렸다.

"엄마……, 아빠……, 추워……."

눈앞의 2층 주택 안에 과연 여자아이가 있을까. 주차장에 있는 세발자전거의 주인이 바로 그 아이일까? 집 앞에서 어정거리고 있으니 옆집에서 사람이 나왔다. 회람판을 든 중년 여성이다. 눈이 마주쳐서 꾸벅 인사를 했다.

"여기는 집 비운 지 며칠 됐어요."

중년 여성이 말했다. 이 집에 볼일이 있는 사람이라 여긴 모양이다. 마침 잘되었다 싶어 질문했다.

"이 댁에 여자아이가 있지 않나요?"

가족 말고 다른 사람과 이야기하는 건 오랜만이라 긴장되었다. 이 사람은 내게 무슨 사정이 있는지 모른다. 이상하게 보여서는 안 된다.

"있죠, 세 살 먹은. 네 살이었나. 엄마 아빠랑 놀러 갔을걸요."

"놀러 갔다고요?"

"최근에 못 봤으니 친가나 외가에라도 갔겠죠, 뭐."

중년 여성은 당연하다는 듯이 말했지만 집 안에서 여자아이 목소리가 계속 들렸다. 이 절실한 목소리가 여성에게는 들리지 않는 모양이다. 내가 입을 다물자 회람판을 든 중년 여성은 물러갔다.

나는 마음을 정하고 집게손가락으로 초인종을 눌렀다. 하지만 고장 났는지 집 안에서 소리가 나는 낌새는 없었다. 현관문을 열어볼까. 분명 잠겼겠지만. 아니, 오늘은 이 정도로 충분하다. 집을 알아낸 것만으로도 대단한 성과다. 돌아가서 쉬자. 다음에, 그래, 예를 들면 밤중에라도……

4

집에 돌아가자 어머니가 안도한 표정으로 맞이했다. 오랜만에 혼자 외출하니 어땠냐고 묻기에 아주 기분 좋았다고 대답했다. 잠시 후에 동생이 고용 센터에서 돌아왔는데 안색은 신통치 못했다. 대우가 괜찮은 직장은 좀처럼 구하기가 어려운 모양이다.

저녁을 먹을 때 뉴스에서 찜찜한 소식을 봤다. 정서가 불안정한 여자가 멋대로 남의 집에 들어가서 잠든 어린아이 머리맡에 서 있었다는 내용이다. 경찰이 출동했고 체포당한 여자는 종잡을 수 없는 말을 늘어놓았다고 한다. 뉴스를 보면서 남의 일이 아니다 싶었다. 여자의 얼굴은 나오지 않았지만 나같이 생겼을지도 모른다. 어머니도 동생도 밥을 먹다 말고 뉴스를 보았다.

밤이 깊어 방에서 잠깐 잠을 청했다. 유코 꿈을 꿨다. 알람 소리에 눈을 뜨자 새벽 2시였다.

그 목소리가 내 머리에서 날조한 환청이 아니라 공기를 타고 퍼져나가는 전파라면 내게만 들리는 것은 기묘한 일이다. 모순 없는 해답을 찾자면 내가 환청을 듣는다고 하는 편이 제일 깔끔하다. 하지만 나는 다른 가설을 검토했다. 이건 오컬트, 신비주의, 육감 같은 유의 현상이 아닐까. 예를 들면 그 집에는 무슨 원인으로 살해된 여자아이의 시체가 방치되어 있는 것 아닐까. 그 영혼의 목소리가 내게만 들렸다고 볼 수는 없을까. 동생과 어머니에게는 말할 수 없다. 내가 진지한 표정으로 그런 추측을 입에 담으면 두 사람은 기겁하여 의사에게 상담하러 가겠지.

자, 출발이다. 채비를 마치고 조용히 계단을 내려갔다. 현관에서 신발을 신었다. 손이 떨려서 끈이 잘 안 묶였다. 약효가 떨어졌을 시간대다. 내 몸속의 도파민 수용체는 약의 내성 때문에 수용량이 보통 사람에 비해 상향 조정되어 있다. 긴장하여 방출된 도파민이 강박관념 같은 사고를 조장하여 아침이 되도록 신발 끈을 묶지 못할 것만 같은 기분에 사로잡혔다. 소리를 지르지 않도록 입술을 깨물고 신발 끈을 묶지 않은 채 밖으로 나갔다.

밤바람이 시원했다. 하늘에 달이 떠 있다. 주택지는 쥐 죽은 듯이 고요했지만 개천가 풀숲에서는 벌레 울음소리가 들렸다. 나는 목소리가 들리는 곳으로 샌들을 신은 발을 내디뎠다. 샌들? 조금 전까지 신발 끈을 묶으려고 고생하지 않았던가? 뭐, 됐다. 신발 끈을 못 묶어서 샌들로 갈아 신고 나왔겠지. 아무튼 나는 그 집이 너무 마음에 걸렸다. 다가가서 창문을 들여다보아야 한다. 커튼 틈새로 널브러진 여자아이의 시체가 보일지도 모른다.

둑길에는 가로등이 없으므로 발치가 몹시 어둡다. 주택지 가로등에서 비치는 불빛과 달빛에 의지해 겨우겨우 넘어지지 않고 나아갔다.

"엄마……."

목소리가 들리는 곳까지 왔다. 계단을 올라 주택지에 도착했을 때 발바닥이 따끔따끔하기에 내려다보자 맨발이었다. 샌들은 언제 벗겨진 걸까.

맨발로 주택지를 걸어 그 집으로 향했다. 여자아이의 목소리가 이어졌다. 집 안에 사람이 있는지 없는지는 판단하기가 애매하다. 주차장에 차가 없으니 사람이 아직 안 들어왔다고 볼 수도 있지만 아예 차를 안 가지고 있을 수도 있다. 창문 안쪽은 컴컴했지만 부자연스러운 건 아니다. 새벽 2시가 지났으니 누가 있더라도 잠들었을 시간이다.

낮에는 남에게 들킬까 봐 엄두도 못 낸 짓을, 지금은 어둠을 틈타 실행할 수 있다. 마음을 단단히 먹고 현관으로 향했다. 발바닥에 전해지는 감촉이 거칠거칠한 아스팔트에서 차가운 정사각형 타일로 변했다. 문손잡이를 잡고 열어보았지만 틀렸다. 잠겨서 꼼짝도 안 한다.

"엄마······."

가녀린 목소리. 빨리 아이를 찾아서 달래주어야 한다. 머릿속에 그날이 떠올랐다. 유코가 팔을 붙들려 끌려갈 때, 냉큼 쫓아갔다면······. 다른 손을 움켜쥐었다면······.

쪼그리고 앉아 숨을 가다듬었다. 플래시백에 짓눌릴 때가 아니다. 내가 소리는 지르지 않았나? 악을 쓰지 않고 견뎠나? 주변을 둘러보았다. 무슨 일인가 하여 불을 켜고 내다보는 사람은 없었다. 좋아, 됐다. 소리를 지르지 않은 모양이다.

창문을 찾자. 외벽을 따라 이동했다. 집과 담장 사이에 에어컨 실외기가 설치되어 있었다. 실외기 위에 얹힌 화분은 텅 비었다. 욕실 창문 같은 것이 있었지만 불투명 유리였다. 그곳을 지나치려고 했을 때, 어떤 냄새가 났다. 코가 뭉개질 만큼 지독한 냄새였다. 환풍기가 돌아가고 있었다. 욕실에 뭔가가 있는 걸까?

그때 옆에서 빛이 비쳤다. 어둠에 익숙해진 눈이 아플 정도로 밝은 빛이었다. 누가 집과 담장 사이를 들여다보며 내게 손전등을 비추었다.

"……언니."

긴장하여 딱딱하게 굳은 동생 목소리였다.

"뭐 해. 집에 가자."

뭐야, 동생이었구나. 사정을 설명하고자 집과 담장 사이에서 나오자마자 안도감이 강한 경계심으로 바뀌었다. 파출소에서 자전거를 타고 온 것으로 보이는 경찰이 동생 뒤에 서 있었다. 중년 남자와 청년이다. 분명 어머니나 동생이 내가 방에 없는 것을 알고 신고했으리라.

집 앞에서 세 사람과 대치했다. 동생과 두 경찰이 내 발을 내려다봐서 부끄러웠다.

"샌들이 말이야, 도중에 벗겨지는 바람에."

말이 두서없이 나왔다. 어떻게 설명해야 할지 생각이 정리되지 않았다. 세 사람의 눈이 무서웠다. 눈초리가 여우처럼 쭉 올라가서가 아니다. 그들은 말로 다할 수 없이 안쓰럽다는 표정으로 나를 보았다. 그게 무서웠다.

그들은 나를 보고 정서가 불안정한 여자가 심야에 동네를 배회한 것으로 여기고 있다. 오해라고 말해야 한다. 아니, 오해일까. 실은 그들 생각이 옳다면? 하지만 지금도 내 귀에는 여자아이의 목소리가 들린다. 세 사람은 전혀 안 들리는 눈치다.

"이 집이, 마음에 걸려서……. 여자아이의 목소리가……."

"언니, 낮에도 여기 왔잖아."

"어?"

"걱정돼서 엄마랑 의논했어. 내가 고용 센터에 가는 척하고 멀리서 언니를 지켜보기로."

이만큼 신속하고 정확하게 나를 발견한 연유가 있었다.

"가자. 엄마도 걱정하셔."

동생 뒤편에서 두 경찰이 시선을 교환했다. 어떻게 움직일지 상의하는 모양이다. 내가 달아나려 하면 재빨리 움직여서 붙잡으리라. 그리고 병원에 보내려나.

"으, 응. 알았어. 가자."

나는 고개를 끄덕였다. 남들이 보기에 지금 나는 이상한 상태다. 그 정도는 안다. 여기서 날뛰거나 고함을 지르면 안 된다. 사정은 오늘이 아니라도 설명할 수 있다. 날을 잡아 동생과 경찰에게 상담하면 되지 않을까. 이 집에 여자아이의 시체가 있을지도 모른다는 이야기를 믿어줄지는 의문이지만 집주인을 찾아서 아이의 안부 정도는 확인해줄 것이다. 그러면 만사가 해결된다.

"걱정 끼쳐서 미안해, 집에 가자."

내가 그렇게 말하자 동생과 두 경찰이 한숨 돌렸다는 표정을 지었다. 그런데 그때, 소리가 들렸다.

"누구……? 엄마……? 거기 있어……?"

고개를 휙 돌렸다. 집과 담장 사이의 좁은 틈새로 욕실로 추정되는 창문이 보였다.

처음으로 말에 변화가 생겼다. 마치 나와 동생의 대화를 들은 것 같지 않은가. 불현듯 어떤 생각이 머릿속에 떠올랐다. 내 머리는 정상일까. 모르겠다. 하지만 지금 이대로 여기서 돌아가도 될까.

"언니, 왜 그래?"

"응. 그, 미안해. 걱정만 끼쳐서."

동생에게 그렇게 말하고 등을 돌려 집 쪽으로 뛰어갔다. 다리에 납덩이라도 달린 것처럼 몸이 무거웠다. 집과 담장 사이로 들어가 안쪽으로 향했다. 동생이 손전등을 든 손을 내저으며 나를 불렀다. 빛이 세차게 왔다 갔다 해서 내 그림자가 시계추처럼 움직였다. 에어컨 실외기에 얹힌 빈 화분이 한순간 빛을 받았다가 어둠 속으로 가라앉았다. 나는 뛰어가며 화분을 집었다.

경찰들이 허둥지둥 쫓아오는 기척이 전해졌다. 틈새를 빠져나오자 집 뒤편의 황폐해진 뜰이 보였다. 거실 창문으로 보이는 길쭉한 유리창에 화분을 던졌다. 요란한 소리와 함께 유리창이 깨지더니 커튼에 막혀 바로 밑으로 파편이 떨어졌다. 손을 넣어 자물쇠를 열 여유는 없었다. 깨진 유리 조각이 창틀에 남아 있었지만 개의치 않고 넘어서 안으로 들어갔다. 얼굴에 유리 끄트머리가 닿아서 긁혔다. 맨발바닥에 통증이 몰려왔다. 유리 조각이 몇 개 박힌 모양이다.

커튼을 젖히자 달빛이 비쳐 들었다. 눈앞에 남의 집 거실이 펼쳐졌다. 컴컴한 실내에서 텔레비전과 소파 윤곽만 보였다. 손으로 더듬더듬하며 앞으로 나아갔다. 목표는 욕실이다. 집과 담장 사이를 지나오면서 위치는 대강 파악했다. 벽에 손을 댄 채 그쪽으로 향했다. 복도를 지나 어둠 속으로 들어갔다. 손목으로 뺨을 닦으니 창문으로 들어올 때 베인 모양인지 미끈미끈한 감촉이 느껴졌다. 탈의실로 이어지는 입구. 세면대와 세탁기, 그 앞이 욕실이었다. 접문에 간유리를 모방한 반투명 플라스틱이 끼워져 있었다. 욕실 안도 컴컴하여 거의 아무것도 보이지 않았다.

누가 내 팔을 잡았다. 경찰이 뒤에 있었다. 뿌리치려 했지만 남자 힘은 못 당한다. 갑자기 유코가 생각났다. 전남편에게 팔을 붙잡혀 고개를 저으며 끌려갔던 딸이. 지금 내 모습이 그때의 유코와 겹쳤다. 억지로 끌려가서 차에 치였을 때 얼마나 무서웠을까. 지금까지 몇 번이나 그 순간을 돌이켜보았다. 수천 번, 수만 번, 어쩌면 더 많이. 날마다 떠오른다. 그때마다 가슴이 멘다. 숨이 막히고 눈물이 솟는다. 전남편은 자기 생명과 바꾸어 영원히 낫지 않을 상처를 내게 남겼다. 분노와 함께 슬픔이 치밀었다. 당신 인생은 뭐였어? 지금까지 뭣 때문에 살아온 거야? 내가 그렇게 미웠어? 내가 이혼이라는 방식으로 반항한 게 그렇게 용서가 안 됐어? 이런저런 생각이 한꺼번에 밀려왔다.

소리를 내질렀다. 말이 아닌 원시적인 목소리를. 한심하게도 전남편에게 마지막까지 큰 소리로 반론하지 못했던 분노와 슬픔을 꾹꾹 눌러 담아서. 갑자기 경찰이 손을 놓았다. 풀어준 것이 아니다. 고함에 놀라기도 했겠지만 피 때문에 미끄러진 모양이다. 뺨에서 닦아낸 피가 손목에 남아 있었다.

반동으로 엉덩방아를 찧었다. 바로 일어서서 욕실 접문을 몸으로 들이받았다. 욕실이 열렸다. 악취가 풍겼다. 욕조에 덮개가 덮여 있고 그 틈새로 샤워기 호스가 뻗어 있다. 빛이 어른거렸다. 뒤에서 손전등 불빛이 비쳤다. 손전등을 든 동생이 경찰들 뒤에서 다가온 걸까. 나는 서둘러 욕조 덮개를 젖혔다. 뒤에서 숨을 삼키는 기척을 느꼈다.

"엄마……."

꺼져들어 가는 목소리였다. 너무 쇠약해져서 눈이 흐릿한지 내가 내려다보는 줄도 모르는 듯했다. 손목과 발목에는 포장용 테이프가 감겨 있고, 물방울이 똑똑 떨어지는 샤워기가 여자아이의 입옆에 놓여 있었다. 그걸로 갈증을 달랜 것이 틀림없다. 욕조에 몸을 웅크리고 누운 아이의 어깨를 살짝 건드렸다. 살짝 몸을 뒤척였다.

"엄마……?"

살아 있다. 안 늦었다. 내 손이 닿았다. 아이는 몹시 가벼웠다. 상반신을 품에 끌어안았다. 확실한 감촉이 전해졌다. 환각이 아니다.

아이는 급히 병원으로 실려 가서 목숨을 건졌다. 며칠이나 욕조에서 지냈는지 직접 듣지는 못했다. 하루나 이틀 발견이 늦었다면 목숨을 잃을 수도 있었다고 한다. 그날 밤 억지로 집 안을 확인하지 않았더라면 어떻게 되었을지 모른다. 내게만 들리는 소리가 살아 있는 아이의 목소리일지도 모른다는 판단은 옳았다.

아이의 부모는 각각 다른 곳에 있었다. 어머니는 아이가 어떤 상황에 처했는지 몰랐던 듯 놀랐다고 한다. 부부 싸움 끝에 집을 나와 멀리 떨어진 동네에서 혼자 살고 있었다는 모양이다. 아이를 욕조에 가둔 사람은 아버지였다. 그는 아이를 방치한 채 애인 집에서 지내고 있었다. 경찰이 취조하자 딸을 잊어버리고 싶었다고 진술했다. 아버지는 딸의 손발을 묶어 욕조에 가두었다. 큰 소리를 내지 말라고 명령하고 물방울이 똑똑 떨어질 정도로 샤워기를 틀어서 딸의 머리 옆에 두었다. 아이는 일어날 수도 없는 상태였지만 얼굴 옆에 고인 물을 마시며 겨우 연명했다.

아버지의 행동 이면에는 어떤 심리가 있었을까. 먹지 못하면 결국 목숨을 잃었을 텐데, 그렇게 되기 전에 돌아올 생각이었을까. 아니면 먹을 물 정도는 줬다는 핑계로 딸을 죽음으로 몰아넣었다는 죄의식을 조금이라도 덜고 싶었던 걸까. 뉴스정보방송에서 전문가가 의견을 내놓았지만 그 내막은 알 수 없다. 초인종이 망가진 것도 아버지의 소행이었다. 초인종이 울리면 아이가 소리 내어 도움을 요청할까 봐 두려웠던 듯하다.

아이는 욕조에 갇혀 화장실에도 못 갔지만 욕조 덮개 덕분에 체온 저하는 면했다. 아버지의 명령에 따르는 사이에 쇠약해져 정말로 큰 소리를 낼 수 없게 된 모양이다. 부모를 부르는 가냘픈 목소리는 욕조 안을 맴돌다가 사라졌다. 하지만 어째서인지 내게는 그 목소리가 들렸다.

나도 경찰서에 출두하여 진술했다. 둑길을 산책하다가 여자아이의 목소리를 들었다는 것과 그 집을 찾아낸 경위를 설명했다.

유리창을 깨고 무리하게 침입한 건 사과했다. 절박한 상황이었음을 참작한 듯 처벌은 없었다. 왜 내게만 목소리가 들렸을까. 항정신병약 때문에 청각이 예민해졌다? 아니다, 그런 부작용은 보고된 바 없다. 논리적으로 설명이 불가능하다. 경찰, 의사, 동생 모두가 이 현상에 의아해했다. 아이를 잃은 내 심리와 도움을 바라는 아이의 마음이 우연히 마주친 것 아니겠느냐고 어머니는 말했다. 한 번쯤은 그런 기적이 일어나도 되지 않겠느냐고.

"미안해. 그날 언니 상태가 또 심각해진 줄로 오해했어."

나는 고개를 저었다.

"그럴 만도 하지. 맨발이었으니까."

그런 상태로 주택지를 배회하다가 남의 집과 담장 사이에 들어가 있었으니 끌려가도 할 말이 없다. 동생을 나무랄 일이 아니다. 그날 일은 우리에게 웃으며 이야기할 수 있는 추억이 되었다.

유리에 베인 뺨과 발바닥 상처는 금방 아물었다. 몸이 아픈 건 금방 치료되니까 다행이다. 항정신병약은 아직도 먹고 있지만 예전에 비해 많이 안정된 기분이다. 여자아이와의 교류가 좋은 영향을 준 것이리라.

나는 동생과 함께 자주 문병을 갔다. 한동안 아이는 표정에 변화가 없었지만 날을 거듭할수록 웃음이 많아졌다. 나는 아이에게 책을 읽어주거나 손가락 놀이를 가르쳐주었다. 유코에게 해주지 못했던 걸 실컷 할 수 있어서 함께 놀면서 울 뻔했다. 이 아이는 유코가 아니며 나도 이 아이의 부모가 아니지만 우리는 서로를 보듬으며 치유할 필요가 있었다.

둑길 산책은 계속했다. 최근에는 유코와 함께 둑을 걸었을 때가 자주 떠오른다. 내 기억 속에서 유코는 웃으며 나비를 쫓아다닌다. 녹색 풀로 덮인 개천가를 바람처럼 달린다. 앞으로는 슬픈 기억뿐 아니라 즐거웠던 시간도 떠올릴 수 있으리라.

아이들아,

잘 자요

1

나는 외동딸이었다. 몸이 약해서 늘 책만 읽는 아이였다. 아버지는 영화를 좋아하여 나를 자주 영화관에 데려갔다. 어머니는 노래를 좋아하여 내가 잠을 설칠 때 자장가를 불러주었다. 구름 사이로 비치는 빛처럼 아름다운 노랫소리였다. 내가 죽었을 때 아버지와 어머니는 슬퍼했을까.

대형 여객선 객실에서 아이들과 카드놀이를 하고 있는데 바닥을 밀어 올리는 듯한 충격이 선체를 휩쓸었다. 벽이 삐걱거리고 진동하던 엔진이 조용해졌다. 배가 기울기 시작하자 안내 방송이 나왔다. 침몰할 우려가 있으니 승무원의 지시에 따라 구명보트에 탑승하라는 내용이었다.

"안나, 무서워."

아이들이 트럼프 카드를 버리고 내 이름을 부르며 매달렸다. 조원은 나를 포함해 총 일곱 명이었다. 키드스쿨 측 어른들은 제일 나이가 많은 나를 조장으로 임명했다.

"다 거짓말이야. 이렇게 큰 배가 가라앉기는."

아이 중 한 명이 그렇게 말했지만 허세라는 것을 알았다. 눈에 불안이 가득했기 때문이다.

우리는 객실을 나서서 구명보트가 있는 갑판으로 향했다. 아무래도 배는 선수 쪽으로 기운 듯했다. 원인은 뭘까. 좌초된 걸까, 아니면 빙산에라도 부딪친 걸까. 통로를 이동하는데 경사가 급해졌다. 선체가 부하를 더 견디지 못하는지 뿌득뿌득 부서지는 소리가 크게 울려 퍼졌다. 세상이 뜯겨나가는 듯한 소리였다.

아이들이 비명을 질렀다. 나도 무서웠지만 아이들의 손을 꼭 쥐며 "걱정 마" 하고 달랬다. 아이들은 피를 나눈 친동생이나 다름없었다. 반드시 지켜야 한다.

갑판으로 나가자 사람들이 난간을 부둥켜안고 있었다. 승무원들이 미끄럼틀처럼 기울어진 바닥에 버티고 서서 사람들을 유도했다. 5미터 길이의 구명보트는 갑판 아래 벽에 주르르 설치되어 있다. 선원들이 크레인으로 구명보트를 한 척씩 갑판 옆에 대고 사람들을 태워서 바다에 내려놓았다. 아이와 여성을 먼저 태우는 듯 승무원은 우리를 보고 빨리 타라고 손짓했다.

"무서워. 이렇게 작은 배에는 타기 싫어."

우는 아이들을 달래서 보트에 태웠다. 마지막으로 내가 올라타려고 했을 때였다. 크레인에 달린 와이어 중 하나가 끊어졌다. 구명보트가 그네처럼 흔들렸다. 나는 균형을 잃고 발을 헛디뎠다.

"안나!"

아이들이 비명을 질렀다. 나는 약 20미터 높이에 매달린 구명보트에서 떨어졌다. 바다에 빠진 순간 딱딱한 것이 온몸을 후려친 듯한 충격을 받았다.

나는 넘실대는 물결 사이에서 허우적댔다. 옷이 무거워져 팔다리가 잘 움직이지 않았다. 바닷물이 얼굴을 때리며 코와 입에 들어갔다. 눈앞에 솟은 대형 여객선 옆구리가 주변의 물을 끌어들이며 가라앉으려 한다. 나도 소용돌이에 휘말렸다. 엄청난 물거품과 함께 차가운 바닷속으로 끌려 들어갔다. 숨을 못 쉬겠다. 공포와 혼란. 결국 나는 의식을 놓았다. 지금까지 살아온 인생의 단편이 토막토막 머릿속을 스쳤다. 무작위로 추출한 듯한 기억이 줄지어 떠올랐다.

어릴 적에 놀았던 곳의 정경.
아버지와 함께했던 공놀이.
어머니와 테니스를 친 날에 본 노을.
체육 특기자로 뽑혀 축하를 받은 밤.
연인과 차 안에서 입을 맞추는 장면…….

이상하다. 내 인생에 연인은 없었다. 이성과 입을 맞춘 적도 없
다. 아버지와 공놀이? 어머니와 테니스? 그런 적도 없다. 애당초
아버지와 어머니의 얼굴이 다르다. 체육 특기자? 내 인생은 체육
과 무관한데?

"스톱! 스톱!"

여자 목소리가 들렸다. 어느덧 물거품이 이는 소리가 사라졌다.
온몸을 뒤덮은 수압과 냉기도 느껴지지 않았다.

눈앞에 스크린이 있었다. 영사기가 차르르르 돌아가는 소리가
났다. 주위가 밝아지자 내가 어디에 있는지 알았다. 아무래도 영
화관인 듯했다. 건물은 조금 낡았고, 발밑은 판자, 좌석은 쿠션도
없는 나무 의자다. 조금 전까지 분명 바다에 있었는데 왜 이런 곳
에? 몸도 젖지 않았으니 그건 꿈이었을까?

"문제가 생긴 모양이네요. 주마등 상영을 중단하겠습니다."

내 바로 옆에 여자가 앉아 있었다. 뽀얀 살결에 금발 생머리, 눈동자는 파란색이다. 장식 없는 수수한 흰옷을 입었다.

주마등? 안쪽에서 그림이 회전하며 비치도록 만든 등롱을 분명 그렇게 부를 것이다. 죽음을 앞둔 사람이 인생의 다양한 장면을 순식간에 돌이켜보는 걸 주마등 체험이라고 했던 것도 같다.

"안나. 당신 이름은 안나가 맞죠?"

금발 여자가 물었다. 목소리가 잘 나오지 않아서 고개를 끄덕여 답했다. 여자가 손에 든 서류를 보았다.

"당신은 해난 사고를 당해서 바다에 빠졌어요. 기억나나요?"

"아, 네······."

서류에 내 정보가 적혀 있는 모양이다. 남이 지적하자 역시 실제로 있었던 일이었구나 싶었다. 여자가 미안한 듯한 표정으로 말했다.

"영상 내용과 당신 인격이 일치하지 않았네요. 미안해요. 아무래도 다른 사람의 필름을 상영했나 봐요."

"필름?"

"무작위로 추출한 기억의 단편을 이어 붙인 거예요. 사람이 죽기 전에 볼 필름을 제작하고 상영하는 것이 우리 천사들의 업무죠."

"어, 천사라고요?"

"네, 천사요. 저는 천사 이사벨. 안내 담당이에요."

확실히 금발 여자는 내가 생각하는 천사 이미지에 가까웠다. 머리 위의 고리도, 날개도 없지만 예술품이 연상될 만큼 아름답다. 하늘하늘한 흰옷도 입었고.

"여기서 잠깐만 기다려요."

이사벨은 그렇게 말하고 어딘가로 갔다. 영화관 출입구 쪽에서 목소리가 들렸다. 천사같이 생긴 몇 명이 이마를 맞대고 이야기를 나누는데 자꾸 나를 힐끔거려서 마음이 불안했다. 이사벨이 돌아와서 말했다.

"상영 담당 천사와 이야기하고 왔어요. 안나, 무슨 착오가 생겨서 다른 사람의 필름이 전달된 모양이에요. 일단 여기서 나가죠. 다음 사람 영상을 상영해야 하거든요. 자, 일어설 수 있겠어요?"

나는 비틀대며 일어나 이사벨이라는 여자의 안내에 따라 이동했다. 출입구에서 천사같이 생긴 여자의 손을 잡은 청년이 나와 엇갈려 영화관으로 들어갔다. 저 사람, 기억났다. 배에서 인사를 나눈 청년이다.

"대체 저는 어떻게 된 건가요? 배에 탔고, 바다에 빠진 건 틀림없죠?"

이사벨은 내가 반쯤 예상했던 대답을 내놓았다.

"진정하고 들어요. 안나, 당신은 죽었어요."

영화관 로비는 옅은 벌꿀색 불빛에 감싸여 있었다. 조명등에 노란색 스테인드글라스를 끼워놓았기 때문이다. 회반죽을 바른 벽에는 군데군데 거울이 걸려 있다. 인간과 천사처럼 생긴 존재가 2인 1조로 줄을 서 있었다. 모두 말없이 엄숙한 분위기다.

"여기는 사후 세계로군요……."

"죽은 자의 나라로 들어가는 입구, 문 같은 곳이죠."

"죽으면 영화관에 입장할 줄이야."

슬픔보다 당혹감이 컸다.

"모든 것은 형이상적인 개념이에요. 여기를 영화관으로 만든 건 당신 자신이죠."

"그게 무슨 뜻인가요?"

"당신의 경험에 부합하는 이미지로 인식된다는 뜻이에요. 제 말도 당신이 이해하기 쉬운 형태로 변환될 거고요. 뭐, 설명은 이 정도로 해둘까요. 그나저나 당신 필름은 어디로 갔으려나. 왜 남의 것이 상영된 거람."

"……저랑 같이 있던 아이들은 어떻게 됐나요?"

구명보트에 탄 아이들이 걱정되었다.

"확인해볼게요."

이사벨은 로비에 비치된 전화로 어딘가에 연락했다. 내게 손짓하더니 "아이들 이름이 뭐예요?" 묻기에 한 명씩 말해주었다.

이사벨이 수화기를 내려놓고 나를 보았다.

"그 아이들도 곧 여기로 올 거예요."

"그런……."

"당신이 바다로 떨어지자 공황 상태에 빠진 아이들이 어른들의 만류를 무시하고 움직이는 바람에 구명보트가 공중에서 균형을 잃는다는군요. 그 결과 몇 명이 익사할 확률이 높아져서 정황상 그런 미래가 추측돼요."

"미래? 그럼 아직 안 죽었다는 건가요?"

"지금 말한 이야기는 현재 시점에서 가장 확률이 높은 미래예요. 천계에서는 현세와 시간이 다르게 흐르기 때문에 에둘러 말할 수밖에 없네요."

이사벨의 설명에 따르면 천계라고 불리는 이곳에서는 전 인류의 사망자 수에 대응해 시간의 흐름이 달라진다고 한다. 현재는 전 세계에서 1초에 약 1.8명이 사망한다. 하지만 죽은 자의 나라로 들어가는 문…… 즉 주마등 필름을 상영하는 영화관은 여기 하나뿐이다. 죽음을 맞은 사람들에게 각각 영상을 보여주어야 하므로 보통 같으면 인원을 다 수용하지 못하고 기능이 마비될 것이다. 그렇게 되지 않도록 여기는 시간이 아주 빠르게 흐르고, 상대적으로 현실 세계에서는 아주 느리게 흐른다고 한다.

"영상은 사람마다 길이가 다르지만 평균 30분 정도예요. 필름과 관객 교체에 5분을 잡으면 한 명당 35분, 즉 2,100초가 걸리죠. 그러니까……."

이사벨은 잠시 생각하다가 말했다.

"당신이 살던 세상에서 시계 초침이 1초를 움직이는 동안 이쪽에서는 한 시간이 지나가는 셈이에요. 덧붙여 로비에 서 있는 시간은 이 계산에 포함되지 않고요. 그들은 죽어가는 사람들의 그림자 같은 존재거든요. 본질은 아직 지상의 육체에 들어 있어요. 어쨌거나 안나, 당신은 바다에 빠져 죽은 지 얼마 되지 않았어요. 지상에서는 뇌에 산소가 공급되지 못해 뇌사 상태에 빠진 직후일 거예요."

아무래도 지금 이 순간, 구명보트에 탄 아이들은 공황 상태에 빠지는 중인 모양이다. 이대로 가면 몇 초 후에 크레인에 매달린 보트는 균형을 잃는다. 천사들은 그렇게 짐작했다고 한다.

"내가 바다에 떨어진 탓이야……."

아이들을 지키지 못했다. 속상해서 눈물이 솟았다. 이사벨이 내 어깨를 끌어안고 옆에 있는 벤치에 앉혔다.

"울지 말아요. 인간은 누구나 죽는답니다. 저길 봐요."

이사벨은 영화관 정면의 현관을 가리켰다. 사람들이 바깥까지

길게 줄 서 있었다. 바깥은 밤이다. 별이 빨간색과 파란색으로 반짝였다. 언덕 위의 낡은 역에 정차한 증기기관차에서 사람들이 내렸다. 인종과 연령대가 다양하다. 영화관으로 내려오는 중에 천사가 하나씩 사람들 곁에 붙었다.

"한 사람마다 천사가 하나씩 배정돼요. 기억 안 나겠지만 당신도 저렇게 여기로 와서 제 안내를 받아 로비에서 기다렸답니다. 모든 사람이 영화관에서 인생을 돌아보고 나서 사라져요. 당신도 그럴 예정이었는데……. 안나, 당신의 필름을 찾으러 가죠. 왜 이런 문제가 발생했는지 조사해야겠어요."

"필름은 아무래도 상관없는데요. 안 봐도 돼요."

나를 가족처럼 따르던 아이들의 얼굴을 하나씩 떠올리자 오열이 북받쳤다. 내가 죽은 것보다 아이들이 죽는다는 것이 더 큰 충격이었다.

"당신이 얼마나 슬플지는 알아요. 그렇다고 이런 일이 벌어졌는데 손을 놓고 있을 수는 없죠. 일이니까요. 필름을 찾는 걸 도와주지 않겠어요? 도와준다면, 그래요, 대신 아이들을 구하도록 힘을 빌려줄게요."

이사벨이 자애 가득한 눈으로 나를 보았다.

"이미 죽은 당신을 살려낼 수는 없지만 구명보트에 있는 아이들에게는 무슨 수를 쓸 수 있을지도 모르죠. 하지만 필름 문제가 해결되지 않는 한 거기서 손을 뗄 수 없으니까요. 주님과 맺은 계약에 그렇게 정해져 있거든요. 그러니까 서두르죠. 이쪽의 한 시간은 저쪽의 1초. 몇 시간 안에 문제를 해결하지 못하면 아이들이 바다에 빠질 거예요."

아이들이 구출될 가능성이 남았다? 내 인생에서 가장 반가운 소식이었다. 내 인생은 이미 끝났지만. 이사벨이라는 천사의 말에서 희망이 보였다.

"필름 찾기, 도울게요!"

나는 일어서서 선언했다.

2

이사벨은 영화관 뒷문으로 향했다. 어둑하고 긴 통로를 빠져나가서 끈을 펜 나무 팻말을 꺼내 내 목에 걸어주었다. 팻말에는 내가 모르는 글씨와 함께 천사의 날개를 연상시키는 그림이 그려져 있었다.

"천계 입장 허가증이에요. 잃어버리면 안 돼요. 그게 없으면 붙잡혀서 신의 불에 소각될 테니까."

"소각……?!"

"불법 침입한 악마의 사자로 간주하거든요. 악마는 저희를 훼방 놓는 게 일이니까. 자, 안나, 여기가 천계예요."

이사벨이 영화관 뒷문을 열었다. 앞이 제대로 안 보일 만큼 눈이 부셨다. 영화관 정면은 밤이었는데 어째서인지 여기에는 햇빛이 쏟아졌다. 자욱한 흰색 안개의 정체는 아무래도 구름인 듯했다. 크고 작은 구름이 지면에 닿을락 말락 떠다녔다. 포석길이 깔린 녹색 잔디밭에서 사파이어와 루비 빛깔 새들이 지저귀며 놀고 있었다. 거대한 건조물 몇 채가 저 멀리 보였다. 신화 속 세계가 연상되는 모양새였지만 이 또한 형이상적 개념이라 내 기억과 경험을 토대로 이렇게 보이는 것뿐일지도 모른다. 나와 종교관이 다른 사람이 여기에 서면 다른 풍경이 펼쳐질 것이다.

"자, 이제 어떻게 할까요?"

이사벨이 내게 물었다.

"이런 일은 좀처럼 없어서 어떻게 문제를 처리하면 좋을지 모르겠네요. 인간은 분실물이 생겼을 때 어디를 찾아보죠?"

분실물이란 내 주마등 필름을 가리키는 것이리라.

"저 같으면 그걸 놓아둔 곳을 찾아볼 것 같은데요."

"그렇군요. 그럼 일단 주마등 필름 보관고로 가보죠."

떠다니는 작은 구름을 피해 걷는 이사벨을 따라갔다. 구름에 부딪쳐도 딱히 지장은 없고 피부가 서늘해지는 정도지만 이사벨을 흉내 내어 요리조리 피했다. 피부와 머리색이 다양한 천사들과 마주쳤다. 여자 남자 따질 것 없이 모두 아름답게 생겼다. 이사벨이 몇몇 건물을 가리키며 설명해주었다. 천사 교육을 하는 학교와 도서관이 있어 마치 대학교 같은 느낌이었다.

"자, 다 왔습니다. 저기예요."

주마등 필름 보관고는 실개천 건너에 위치한 원형 건물이었다. 장식된 원기둥이 외벽을 따라 늘어섰고, 필름 통 같은 것을 끌어안은 수많은 천사가 출입구를 오갔다. 그들은 우리 옆을 지나쳐 영화관으로 향했다. 그들이 소지한 통은 한 아름이나 되는 은색 원반형 케이스로, 속에 주마등 필름이 들었다고 한다.

"지상에서 누가 빈사 상태에 빠지면 이렇게 영화관으로 주마등 필름을 운반해요."

"여기에 모든 사람의 필름이 있나요?"

나는 원형 건물을 올려다보며 물었다.

"네. 전 인류의 주마등 필름을 여기서 관리해요."

이사벨은 보관고를 관리하는 천사에게 사정을 설명했다. 나는 입구에서 건물을 들여다보았다. 빼곡하게 들어찬 목재 선반에 은색 필름 통이 쌓여 있었다. 묘하게도 밖에서 본 건물 크기보다 내부가 더 넓었고 통로 안쪽은 부옇게 흐려서 보이지 않았다. 실제 거리와 물리 법칙은 여기서 통하지 않는지도 모르겠다.

이사벨과 이야기하던 천사가 어딘가로 갔다가 돌아왔다. 둘 다 복잡한 표정이었다.

"안나, 아까 당신이 영화관에서 본 건 동명이인의 필름이었어요. 필름 통을 반출하는 천사가 잘못 꺼낸 거겠죠. 그렇다면 여기에 당신 것이 남아 있어야 마땅해요."

"네, 그렇겠죠."

"그런데 어디에도 없네요. 그래서 동명이인의 필름이 반출됐을 거예요."

왜? 누가 잃어버렸나? 아니면 도난당했나?

"제 필름이 언제 여기서 사라졌는지 알아볼 수는 없을까요?"

보관고를 관리하는 천사가 고개를 끄덕이고는 어딘가로 사라졌다.

"감시 카메라 영상 같은 게 남아 있나요?"

"편집 담당 천사에게 물어보려는 거겠죠."

"편집 담당?"

"회수한 푸티지를 받아서 테이프로 이어 붙이는 역할이에요."

"푸티지라는 건……?"

"인간들에게서 회수한 기억의 단편이요. 자투리 필름을 상상하면 될 거예요. 주마등 필름은 푸티지를 한 줄로 연결한 거랍니다."

여기에 보관된 필름의 소유주는 아직 살아 있다. 그들이 죽을 때까지 필름은 조금씩 길어진다. 필름 연결 작업은 매일 한다고 하니 내 것을 편집한 천사에게 물어보면 필름 통이 안 보이게 된 시기도 알아낼 수 있을 것이라고 이사벨은 말했다.

잠시 후에 보관고를 관리하는 천사가 돌아왔다.

"장부를 확인해봤는데 당신의 필름을 편집하는 천사는 없었습니다. 여기로 푸티지가 전달된 기록이 하나도 없어요. 즉, 분실된 게 아니라 처음부터 없었던 것 같습니다."

나는 이사벨과 눈을 마주쳤다. 애초에 없었다?

"푸티지 회수 담당에게 문의해보죠."

이사벨은 그렇게 말했다. 우리는 필름 보관고를 뒤로했다.

바람을 타고 떠다니는 구름 사이를 나아갔다.

"주마등 필름이 없다는 건 말도 안 되는 일인가요?"

"모든 인간을 위해 주마등 필름을 제작하는 게 우리 천사들의 임무예요."

"업무가 다양하던데요."

"각자 역할을 분담해서 주님을 위해 일하고 있답니다."

"아까 말씀하셨던 푸티지 회수 담당은 어떤 일을 해요?"

"지상에 내려가 사람들에게서 기억의 단편을 회수해 천계로 돌아와요. 그들은 한 인간이 탄생해서 죽는 순간까지 쭉 곁에서 지켜보죠."

"태어난 후로 내내 곁에 있다고요?"

"대부분의 인간은 눈치채지 못하지만 한 명당 천사가 하나씩 붙어요. 감이 좋은 사람은 그 존재를 느끼고 수호천사가 자기를 지켜준다고 믿는 모양이지만요."

"저한테도 붙어 있었나요?"

"그 천사를 찾아내서 왜 당신의 푸티지가 회수되지 않았는지 따져보자고요. 어쩌면 회수 담당이 일을 게을리해서 필름 연결 작업에 차질이 생겼는지도 몰라요."

이사벨은 걸으면서 팔짱을 꼈다.

"일을 안 하는 천사는 벌을 받나요?"

"나태의 죄를 저질렀으므로 신의 불에 소각돼요."

"……엄격하네요."

꽃이 만발한 호숫가에서 천사들이 쉬고 있었다. 음악을 연주하는 천사도 있거니와 노래를 부르는 천사도 있었다. 마치 미술관에 걸린 그림 같은 광경이었다. 천사의 노랫소리를 듣자 어쩐지 향수가 느껴져 가슴이 찢어지는 것 같았다. 멈춰 서서 귀를 기울이고 싶은 유혹에 사로잡혔지만 구명보트에 탄 아이들을 생각하면 그런 여유를 부릴 시간은 없다.

푸티지 회수 담당이 있는 건물은 교회가 연상되는 건축물이었다. 정면 입구로 들어가자 대리석으로 감싸인 공간이 펼쳐졌다. 스테인드글라스를 통과한 빛이 붉은빛, 푸른빛, 초록빛으로 벽과 바닥을 물들였다. 천장은 아치 구조를 도입한, 이른바 박쥐 천장(뼈대를 덧댄 아치 천장이 날개를 펼친 박쥐처럼 보이는 데서 유래한 이름. 정식 명칭은 '리브 볼트'다—옮긴이)이었다. 아치 끝부분과 이어진 기둥이 수없이 늘어섰다. 묘하게도 기둥과 기둥 사이에는 고해실 같은 목제 상자가 하나씩 설치되어 있었다. 고해실이 왜 이렇게 많이 필요한 걸까.

가죽 주머니를 목에 건 천사들이 오갔다. 어디에 쓰는지는 모르지만 다들 은색 가위를 한 손에 들었다. 이들이 푸티지 회수 담당일까. 고해실을 들락날락한다.

"다들 바쁜 모양이네요. 이야기를 들어줄 만한 회수 담당자를 못 찾겠어요."

"어디에 기록이 남아 있지 않을까요? 인간 사회에서는 목록을 컴퓨터에 저장하는데요. 천계에는 그런 게 없나요?"

"장부를 조사해보죠."

이사벨은 벽 앞의 책장으로 향했다. 책장에 꽂힌 장부에는 전 인류의 이름과 담당 천사가 기록되어 있다. 인간의 영혼이 지상에 태어난 순간, 이 장부에 이름이 하나 늘어난다고 한다. 천사들은 그걸 보고 자기가 어떤 인간을 담당하는지 파악한다.

"저도 도울게요."

"천사만 읽을 수 있는 글자로 기록되어 있어요. 괜찮아요, 10분 정도면 끝날 거예요."

나는 고해실 중 하나에 기대서서 작업이 끝나기를 기다렸다. 스테인드글라스를 통과한 빛이 책장 앞에서 장부를 넘기는 이사벨의 옆얼굴에 비쳤다. 이사벨의 매끈한 콧날과 꽃잎 같은 입술을 바라보았다. 참 특이한 임사 체험도 다 있구나 싶었다.

인간은 죽기 직전에 터널 같은 곳을 통과하거나, 빛을 보거나, 부웅 하는 귀울림을 듣는다고 한다. 이를 임사 체험이라고 하며 주마등 체험도 그중 하나에 속한다. 사람마다 다른 임사 체험을 한다지만 이렇게 천사와 교류하는 유형은 찾아보기 힘들 것이다.

그때 내 팔꿈치가 고해실로 추정되는 나무 상자의 문손잡이에 닿았다. 느닷없이 문이 열리는 바람에 안으로 넘어져서 엉덩방아를 찧었고, 눈앞에서 문이 닫혀 갇히고 말았다. 작은 창으로 빛이 들어와 다행히 깜깜하지는 않았다.

"이사벨!"

내가 도움을 요청하자마자 나무 상자가 덜컥덜컥 움직였다. 몸이 붕 떴다. 상자가 아래로 떨어지는 것 같았다. 이건 고해실이 아니라 엘리베이터임을 깨달았다. 작은 창으로 밖을 확인하자 엘리베이터는 구름 사이를 똑바로 내려가고 있었다. 엄청난 높이다.

살아 있는 기분이 아니었다. 이미 죽었지만.

20초쯤 비명을 지르니 속도가 줄고 엘리베이터가 정지했다. 어딘가에 도착한 모양이었다. 문이 열리자 나는 눈을 의심했다. 익숙한 분위기의 약간 지저분한 거리가 펼쳐졌다. 패스트푸드점 간판과 자판기, 공중전화 부스, 길에 달라붙은 껌과 빈 캔. 하지만 다른 점도 있었다. 마네킹이 된 것처럼 사람들이 꼼짝도 하지 않았다. 대화를 나누는 커플, 조깅하는 청년, 택시에서 내리려는 남자, 모두가 굳어버린 것처럼 보였다.

자세히 보니 수없이 많은 천사가 가위를 든 채 이곳을 돌아다니고 있었다. 그들은 인간에게 다가가 가슴께에서 뭔가를 잡아당겼다. 영화 필름이었다. 몸속에서 영화 필름이 살과 옷을 통과해서 끌려 나왔다. 천사들은 들고 있던 가위로 필름 일부를 싹둑 잘라 가죽 주머니에 소중하게 넣었다. 그리고 테이프를 꺼내 인간의 가슴과 연결된 필름에 붙여서 자른 부분을 보수했다. 보수된 필름이 몸속으로 촤라락 되돌아갔다.

"저렇게 해서 기억의 단편을 회수하는 거예요."

어느 틈엔가 뒤에 이사벨이 서 있었다. 다른 엘리베이터를 타고 쫓아온 모양이다.

"저 조각을 이어 붙여서 주마등 필름을 만드는 건가요?"

"네. 가죽 주머니가 가득 차면 천계로 돌아가서 편집 담당 천사에게 푸티지를 인계하죠. 편집 담당 천사는 그것들을 보관고에 있는 필름에 연결하고요."

"저어, 여기는……."

나는 주변을 두리번거렸다.

"지상이에요. 일찍이 당신이 살던 세상이요. 시간이 다르게 흘러서 거의 정지한 것처럼 보이죠? 하지만 실제로는 조금씩 움직여요."

"지금 이 순간도 바다에서는 배가 가라앉고 있는 중인가요?"

"네. 싸늘해진 당신의 육체도 바다를 떠다니고 있겠죠. 앗, 조심해요, 안나. 지나가는 사람과 부딪히겠어요."

나는 개를 산책시키는 여성과 너무 가까이 서 있었다.

"목에 건 팻말 덕분에 당신은 지금 천계의 주민과 똑같이 행동할 수 있어요. 하지만 천계의 주민도 인간에게 들킬 때가 있는 법이죠. 옛날에는 인간에게 붙잡힌 천사도 많았답니다."

"인간과 사랑에 빠져 스스로 정체를 밝히고 지상에서의 삶을 택한 천사도 있다고 들었어요."

"그걸 어떻게 알죠?"

"그런 내용의 오래된 영화가 있거든요."

이사벨 말로는 그런 천사를 '추락 천사'라고 한다고 한다. 추락 천사는 현세에서 살아갈 육체를 손에 넣는 대신에 죽음의 속박에서 벗어나지 못한다. 영생을 버리고 사랑하는 사람을 선택하다니 참 멋있다. 하지만 이사벨 생각은 달랐다.

"임무를 내팽개친 거죠. 주여, 이성과 행복해지고자 하는 그들에게 벌을 내려주시옵소서."

이사벨은 그렇게 말하고 신에게 기도를 올리기 시작했다. 어쩐지 개인적인 원한 같은 것이 느껴졌지만 자세히 물어보기는 망설여졌다. 화제를 바꾸자.

"자른 부분을 테이프로 보수했는데, 일상생활은 문제없을까요?"

조금 떨어진 곳에서 다른 천사가 필름 조각을 회수했다. 몸에서 나온 필름은 그 사람의 기억을 상징하는 것이리라. 이는 전부 형이상적 개념으로 내가 이해하기 쉬운 이미지로 보일 뿐이다. 영화가 발명되기 이전 시대였다면 다른 식으로 보였겠지.

"조잡하게 보수하면 기억에 이상을 느끼기도 하는 모양이더라고요. 예를 들어 눈앞의 광경을 이미 본 것처럼 느낀다거나."

"저희는 그걸 '데자뷔'라고 해요!"

설마 천사들의 기억 채집이 데자뷔의 원인이었을 줄이야. 그때 문득 깨달았다. 나는 데자뷔를 체험한 적이 없다. 그런 현상이 일어난다는 지식은 있었지만 일어난 적은 한 번도 없다. 찜찜한 예감이 들었다. 그 말인즉슨, 천사가 푸티지를 회수하지 않았다는 의미가 아닐까……

엘리베이터로 천계에 돌아가 이사벨에게 장부를 다시 확인해달라고 부탁했다. 이사벨은 장부를 덮고 고개를 저었다.

"틀렸네요. 안나의 이름은 기재되어 있지 않아요. 당신에게 배정되었을 푸티지 회수 담당 천사도 누군지 모르겠고요. 정말 난감하네요."

"장부에 이름이 없는 건 흔한 일인가요?"

"아니요. 지상에서 인간의 영혼이 탄생하면 자동으로 기재돼요. 부모가 이름을 짓기 전에는 천상에서 부여한 문자열로 표시되고, 이름이 지어지면 자동으로 변환되죠."

"이사벨, 시험 삼아 제 몸에서 필름을 꺼내보면 안 될까요? 푸티지를 회수한 흔적, 그러니까 필름을 테이프로 잇댄 부분이 있는지 없는지 봐주세요."

"알겠어요. 해보죠."

이사벨은 고개를 끄덕이고 내 정면에 섰다.

"아프지는 않나요?"

"안심해요."

이사벨이 오른손을 내 가슴에 댔다. 마치 물속에 잠수하듯 이사벨의 가느다란 손가락이 심장 언저리로 쑥 들어갔다. 가슴 안쪽을 더듬다가 뽑아낸 손가락에 길쭉한 영화 필름이 쥐어 있었다. 아프지는 않았지만 몸에서 주르르 끌려 나오는 필름을 보자 기분이 썩

좋지는 않았다.

"무작위로 범위를 정해 몇 군데 조사해볼게요."

이사벨의 손안에서 필름이 고속으로 움직였다. 내 몸에서 미끄러져 나온 필름이 이사벨의 손끝을 경유해 다시 몸속으로 되감겼다. 잠시 후 이사벨은 한숨을 쉬더니 필름에서 손을 놓았다.

"테이프로 보수한 흔적은 어디에도 없네요. 당신 곁에는 천사가 붙어 있지 않았는지도 모르겠어요. 장부에 이름이 없는 탓에 천사들이 당신의 존재를 감지하지 못해 푸티지를 회수하지 않은 것일 수도 있어요."

차라라락 소리를 내며 필름이 내 가슴으로 되돌아갔다. 손을 대어 확인해보았지만 피부에 구멍은 나지 않았고 몸에도 아무 이상이 없었다. 이사벨은 복잡한 표정으로 팔짱을 끼고 말했다.

"안나, 당신을 일시적으로 구속하겠습니다. 당신은 인간이 아닐 수도 있어요."

3

천계 외곽의 한산한 바위산에 엄숙한 분위기의 회색 건조물이 있었다. 장식을 일절 배제한 요새같이 생겼는데, 신의 불로 악마의 사자를 불태우는 소각장이라고 한다. 나를 거기로 데려간 건 내 정체를 확인하기 위한 시설이 있기 때문이다. 구속용 유치장도 있으므로 일석이조라는 모양이다.

구속하겠다는 이사벨의 말을 들었을 때는 놀랐지만 수갑을 채우거나 포승줄로 묶지는 않았다. 이사벨은 지금까지와 똑같은 말투로 나를 회색 시설로 안내했다. 뛰어서 달아날 수도 있겠지만 그런 짓은 하지 않는다. 천사들에게 쫓기는 게 무서웠고, 그런 짓을 하면 구명보트에 탄 아이들도 구할 수 없다. 이사벨은 내가 인간이 아닐 수도 있다고 했다. 그렇다면 나는 뭘까.

회색 건물 주변은 풀 한 포기, 나무 한 그루 없이 살풍경했다. 이사벨과 함께 입구로 향하는데 거대한 우리를 옮기는 천사들이 보였다. 우리 안에는 인간과 같은 크기의 검은 생명체가 앉아 있었다.

"저게 악마의 사자예요. 몰래 잠입한 놈을 요전에 또 발견했죠. 이제 소각할 겁니다."

그 생명체는 야비한 웃음을 띤 채 주변 천사들에게 더러운 말을 퍼부었다. 귀를 막고 싶을 정도의 내용이었다. 갖가지 욕설과 악담, 인종·신분·성·장애를 차별하는 말을 쏟아낸다. 진지하게 듣고 있으면 기분이 우울해져서 자살할 것 같았다.

"저런 게 용케도 숨어들었네요?"

"지금은 악마의 사자라는 걸 한눈에 알아볼 수 있는 모습을 하고 있지만 발견 당시에는 천사의 형상으로 다른 천사를 유혹하고 있었어요. 푸티지 회수 담당의 가위로 변신해서 인간 사회에 숨든 적도 있답니다. 곧 죽을 사람인 척 영화관 앞에 줄 서 있던 적도 있었고요."

"이사벨은 제가 악마의 사자일지도 모른다고 생각하는 거죠?"

"만약을 위해서예요."

"저는 악마의 사자가 아니에요. 단언할 수 있어요. 한 번 더, 이번에는 꼼꼼하게 기억의 필름을 조사해보셔도 상관없어요."

"기억을 모조리 날조했는지도 모르죠. 악마의 사자라면 우리를 속이기 위해 인간의 기억을 통째로 복제해서 몸속에 넣어둘 수 있을 거예요."

밀차에 실린 우리가 건물 안으로 들어갔다. 이사벨이 그것을 따라가기에 나도 뒤를 쫓았다. 회색 건물 안은 서늘했고 팽팽하게 긴장된 분위기가 감돌았다. 나는 건물 중앙에 자리한 커다란 홀의 장엄함에 압도당했다. 장식이 없는 외관과는 정반대로 호화찬란하여 궁전의 알현실이 연상되었다. 왕좌가 보이지 않는 것이 의아할 정도다. 벽, 기둥, 천장 구석구석까지 무늬를 새겼고 사방을 금은으로 세공했다.

천사들은 홀 한복판으로 우리를 옮기고 원을 그리듯이 멀찌감치 둘러서서 악마의 사자를 바라보았다. 차별의 말을 퍼붓던 검은 생명체는 무슨 기척을 느꼈는지 입을 딱 다물었다.

"자, 시작합니다."

이사벨이 말했다. 어디선가 찬송가가 들리고 천장에서 하얀 빛이 비쳤다. 아무것도 없는 곳에서 솜털 같은 순백색 깃털이 나타나 팔랑팔랑 떨어졌다. 우리 속의 검은 생명체가 갑자기 겁을 먹었다. 도움을 요청하듯 목소리를 내는가 싶더니 불길조차 보이지 않을 만큼 순식간에 재로 변했다.

찬송가가 그치자 천사들이 텅 빈 우리를 정리하기 시작했다.

"이게 신의 불을 이용한 소각 작업이에요. 순식간이죠? 갑시다, 안나. 다음은 당신 차례일지도 모르지만 분명 괜찮을 거예요."

이사벨이 나를 보고 후후 웃었다. 뭐가 괜찮으냐고 불평하고 싶었지만 불안해서 말도 나오지 않았다. 소각 처분된다는 건 혼이 소멸한다는 뜻일까. 바다에 빠져서 죽음의 공포를 맛보았는데 거기서 한술 더 뜨다니 부조리하다.

검은 생명체였던 재가 우리 틈새로 새어 바다에 흩어졌다. 천사가 재를 청소했다. 나는 이사벨에게 이끌려 홀을 뒤로했다.

살풍경한 통로를 걸어 건물 가장자리에 위치한 작은 방으로 들어갔다. 거기에 있던 천사에게 이사벨이 사정을 설명하자 방 안쪽에서 골동품 은판 사진기(은판을 감광 재료로 사용하는 사진기. 1839년에 프랑스의 루이 다게르가 발명했다―옮긴이) 같은 것을 꺼내 왔다. 시키는 대로 벽 앞에 서자 그 사진기로 전신을 촬영했다. 아무래도 이게 내 정체를 판정하는 방법인 모양이다.

"현상하는 데 시간이 좀 걸려요. 그때까지 여기서 기다려요."

이사벨의 안내를 받아 돌계단을 내려갔다. 지하에는 유치장이 줄지어 있었다. 악취로 가득해서 오래 있으면 몸이 썩을 것 같았다. 이사벨은 나를 유치장에 넣고 출입구에 자물쇠를 채웠다. 쇠창살 사이로 이사벨과 이야기를 나누었다.

"아까 그 사진기는 뭐였나요?"

"당신 몸에서 나오는 오라를 확인하는 도구예요."

"오라?"

"당신이 악마의 사자라면 당신 주위에 검은 아지랑이 같은 게 찍힐 거예요."

"인간이면요?"

"윤곽 부분에 빨간색과 파란색 선이 살짝 나타나요. 인간이 아니라도 모든 물질에서 그런 오라가 나오지만요. 생전에 빨간색과 파란색 윤곽을 본 적 없나요? 그건 인간 눈동자와 뇌의 색수차(렌즈의 초점이 파장에 따라 달라진 결과 상이 전체적으로 흐려지는 현상을 가리킨다―옮긴이) 보정 기능에 문제가 생긴 게 아니랍니다."

"제가 악마의 사자라고 판정되면 소각되는 거죠? 설령 그렇더라도 구명보트의 아이들을 구해주면 안 되나요?"

"당신이 악마의 사자라면 구명보트에 아이들이 탔다는 이야기도 수상쩍은데요."

"영화관 로비에서 확인했잖아요. 어딘가에 전화해서 인간계의 상황을 물어봤으면서. 아이들은 틀림없이 구명보트에 탔어요."

"하지만 그 아이들이 당신 부하라면요? 모든 상황이 연출됐을 수도 있으니까요. 난감하네……."

이사벨은 팔짱을 꼈다. 다른 유치장은 비어서 지하에는 나와 이사벨밖에 없다. 악마의 사자가 수감되었다면 아까처럼 입에 담지 못할 말을 쏟아낼 테니 금방 알 것이다.

"그나저나 악마들은 여러분을 어떻게 훼방 놓나요?"

"그들은 주마등 필름을 더럽히려고 해요. 상영 후에 편집해서 주님께 헌상해야 하는데."

"주님께 헌상? 주님이라면 신을 말하는 건가요?"

"네. 인간의 영혼이 죽은 자의 나라로 여행을 떠난 후 남은 주마등 필름을 다른 필름과 연결해 길디긴 하나의 이야기로 만들어요."

"다른 필름?"

"모든 인간의 주마등 필름이요. 지금까지 태어났다가 죽은 전 인류의 기억이죠. 마지막 한 명이 죽을 때까지 우리 일은 끝나지 않아요. 인간이라는 종족의 기나긴 이야기를 하나로 편집하여 주님께 헌상합니다. 주님이 인간을 만드신 건 그 때문이에요."

"우리 인간은 신이 관람할 기나긴 영화를 만들기 위해 존재하는 거라고요?"

"그런 셈이죠. 천사들은 촬영 스튜디오에서 일하는 스태프 같은 건지도 모르겠어요."

터무니없는 이야기다. 일찍이 존재했던 모든 인간의 필름을 이어 붙이면 상영 시간은 얼마나 될까. 필름 릴의 지름이 행성만큼 커지지 않을까. 신은 뭣 때문에 그런 걸 원할까. 혹시 시간을 때울 오락거리이려나.

차가운 유치장 바닥에 앉아 사진이 현상되기를 기다렸다. 이사벨은 쇠창살 너머에서 팔짱을 끼고 가만히 서 있었다. 나를 감시하는 게 아니라 이야기 상대로 곁에 있어주는 인상이다. 구명보트에 탄 아이들이 걱정되었다. 이쪽 세상의 한 시간은 지상의 1초에 해당한다. 나와 이사벨이 행동을 함께한 지 체감상 한 시간 반쯤 지났으니까 지상에서는 1초 반이 흐른 걸까. 곧 아이들이 공황 상태에 빠지고, 그 탓에 구명보트가 크게 흔들려 몇 명이 바다로 떨어질 것이다. 아니, 이미 바다로 내동댕이쳐졌는지도 모른다.

무릎을 끌어안고 울고 싶었다. 여객선이 출발할 때 아이들의 부모님이 부두에서 손을 흔들던 모습이 떠올랐다. 앞으로 배가 침몰

할 줄도 모르고 웃는 얼굴로 아이들을 배웅했다. 아이들 부모님께 미안했다. 아이들을 지키지 못하고 죽게 만들었다. 아이들이 공황 상태에 빠진 것도 다 내가 발을 헛디뎌서 바다에 빠진 탓이다. 그러니 내가 죽인 것이나 마찬가지 아닌가.

"안나, 왜 배에 있었어요?"

이사벨이 물었다.

"키드스쿨에서 주관하는 여행에 참가했거든요."

"키드스쿨? 그건 뭔가요?"

"휴일에 아이들이 모여서 다양한 레크리에이션을 해요. 여가 활동이죠. 보드게임, 캐치볼, 캠프파이어도 하고요. 어른 자원봉사자들이 곁에서 지켜봐요."

키드스쿨에 가입해보면 어떻겠니? 그렇게 제안한 사람은 어머니였다. 학교 친구들은 운동에 열심인데 나는 방에서 책만 읽고 있어서 걱정된 것이리라. 아버지도 그 제안에 찬성했다. 아버지와 어머니는 내 죽음을 슬퍼할까. 두 사람을 떠올리자 가슴이 꽉 죄어드는 기분이었다.

여기서 시간을 얼마나 낭비한 걸까 불안했다. 유치장에 콧노래가 흘렀다. 이사벨이 아니다. 기분을 전환하기 위해 무의식중에 내가 허밍을 했다. 이사벨이 팔짱을 풀고 쇠창살 바로 앞으로 다가와서 조금 놀란 표정으로 나를 보았다.

"그 노래는……?"

"어머니가 자주 불러준 자장가예요. 어머니는 외할머니한테 배웠대요."

"들어본 적 있어요."

"지상에서요?"

"아니요. 천사들이 호숫가에서 자주 부르는 노래와 멜로디가 비슷해요."

그러고 보니 아까 천사들이 호숫가에서 노래를 부르고 있었다. 어머니가 불러준 자장가와 비슷해서 순간적으로 향수를 느꼈는지도 모르겠다.

"안나, 혹시 당신……."

그때 발소리가 다가왔다. 사진을 찍어준 천사가 유치장이 늘어선 통로를 걸어왔다. 천사는 나를 힐끗 보고 미소를 짓더니 들고 온 직사각형 판을 이사벨에게 보여주었다. 판에는 내 사진이 붙어 있었다.

"아아, 역시……."

이사벨이 내게 사진을 보여주었다. 긴장한 표정으로 서 있는 내 전신사진이다. 악마의 사자라면 검은 아지랑이가 찍혔을 텐데 그런 건 없었다. 대신에 내 몸의 윤곽에는 하얀빛이 아른아른 피어올랐다.

"이건……?"

내가 악마의 사자가 아니라는 증거일까. 하지만 인간은 빨간색과 파란색 선이 보인다고 하지 않았던가.

"흰색 오라가 찍혀 있는데, 대체……."

이사벨이 열쇠를 꺼내서 유치장 문을 열어주었다. 나를 풀어주려는 모양이다. 이사벨은 내 손을 꼭 움켜쥐었다.

"자, 봐요. 당신 등에서 나오는 흰색 오라, 마치 날개가 돋은 것처럼 보이죠? 천사를 촬영하면 이렇게 흰색 날개 같은 아지랑이가 찍혀요."

이사벨이 무슨 소리를 하는지 바로 이해되지 않았다. 이사벨은 개의치 않고 말을 이었다.

"아마도 당신의 몇 대 선조가 추락 천사였겠죠. 그 피가 격세 유전되어 당신 대에서 강하게 발현된 거예요. 인간의 영혼이 아니니까 장부에도 기입되지 않은 거고요. 그래서 우리 천사들이 당신의 존재를 알아차리는 데 시간이 걸렸고, 당신의 인생이 끝나는 순간에야 비로소 이렇게 파악했군요. 우리는 동족, 당신은 인간 사회에 태어난 천사였습니다."

우리는 영화관으로 돌아갔다. 보고를 받은 대천사 일곱 명이 나를 어떻게 할지 회의 중이라 결론이 나올 때까지 기다려야 했다. 덧붙여 대천사들은 천계보다 더 높은 층에 있어서 만날 수 없지만 회의 결과는 영화관 로비에 설치된 전화로 들을 수 있다고 한다. 나는 초조한 마음으로 고풍스러운 전화기 앞을 왔다 갔다 했다. 시간을 너무 많이 잡아먹으면 구명보트에 탄 아이들이 위험하다.

"당신 처우가 결정되면 제 일도 끝나요. 아이들을 구하러 가야 할 테니 지금 준비를 해두죠."

이사벨이 내게 제안했다. 천사는 원래 지상에 사는 인간들의 운명에 간섭하지 않지만 금지되어 있는 것은 아니라고 한다. 다만 물리적인 존재가 아니므로 추락 천사가 되어 육체를 얻지 않는 한 뭔가를 직접 해줄 수 없다. 그렇다면 어떻게 구명보트에 탄 아이들을 구하겠다는 걸까. 이사벨에게 계획이 있는 모양이었다.

"안나, 자, 거기 거울 앞에 서요."

나는 벽에 걸린 거울 앞에 서서 이사벨이 시키는 대로 구출 작전에 필요한 준비를 했다.

영화관 로비에는 죽음을 앞둔 사람들과 그들을 안내하는 천사들이 여전히 줄을 서 있었다. 모두 아무 말도 없이 조용하므로 옷이 스치는 소리마저 들렸다. 줄은 현관 바깥으로 이어졌다. 바깥은 어둡고 하늘에서 색색으로 반짝이는 별들이 보였다. 마침 언덕 위의 역에 기관차가 도착했다. 죽음을 앞둔 사람들을 지상에서 또 수없이 실어 왔으리라. 개중에는 아기도 있었다. 다른 사람들은 혼자 기관차에서 내렸지만 아기는 천사의 품에 안겨서 나왔다. 어린아이는 특별히 천사가 데리고 오는 모양이다.

"아기가 있네요."

"아기들은 우리가 푸티지를 충분히 회수하기 전에 죽고 말아요. 그래서 천사가 특별한 필름을 준비하죠."

"특별한 필름?"

"부모의 필름을 빌려 와요. 영화관 로비에 줄을 서 있는 사이에 편집 담당 천사들이 부랴부랴 그걸 이어 붙이죠. 완성된 영상에는 아기의 부모가 나와요. 둘이 어떻게 만나 자신이 태어났는지 알 수 있죠. 아기의 영혼은 천사의 품에서 부모의 영화를 보며 잠든답니다."

영화 한 편이 끝나고 필름을 교환하는 시간이 되었다. 제일 앞에 있던 사람과 천사가 영화관으로 들어가고, 줄이 아주 조금 당겨졌다. 상영 후에 로비로 나오는 건 어째서인지 천사뿐이다.

로비에 설치된 전화가 울렸다. 이사벨이 수화기를 귀에 대고 응답했다.

"네, 알겠습니다. 그렇게 전하겠습니다."

대천사들의 회의가 끝난 모양이다. 통화를 끝낸 이사벨이 내게로 몸을 돌렸다.

"대천사님 말씀을 전할게요. 안나, 당신에게는 두 가지 선택지가 있어요. 하나는 다른 사람들과 마찬가지로 죽은 자의 나라로 가는 것. 또 하나는 천계에서 주님과 고용 계약을 맺는 것."

주님과 고용 계약? 대천사들은 사진 결과를 보고받고 내게 그럴 자격이 있다고 판단한 듯하다. 내 선조 중에 추락 천사가 있다는 설명을 들었지만 여전히 긴가민가하다. 인간과 사랑에 빠진 끝에 육체를 얻어 사랑하는 사람과 함께 늙어 죽으려는 천사를 그린 영화를 본 적이 있는데 그건 내 선조가 모델이었을까. 나는 잠시 고민하다가 결정을 내렸다.

영화관을 나서서 지상으로 향했다. 일단 이사벨과 서둘러 푸티지 회수 담당자의 건물로 갔다. 지면에 닿을락 말락 떠다니는 구름을 가로질러 직진했다. 장엄한 교회가 연상되는 건축물로 뛰어들어 고해실 같은 나무 엘리베이터에 탔다. 엘리베이터가 하강하면서 몸이 붕 떠오르는 느낌이 들었다. 작은 창밖을 보자 구름이 아래에서 위로 휙휙 지나갔다.

목적지는 바다, 가라앉는 배의 갑판이다. 필름 문제가 해결되었으니 아이들을 구하러 갈 수 있다. 이사벨은 은색 가위와 가죽 주머니를 들었다. 이사벨이 제안한 구출 작전에 필요한 물건이었다.

"안나, 정말 괜찮겠어요?"

엘리베이터에서 이사벨이 물었다.

"죽은 자의 나라는 안식의 땅이라고 들었는데요. 천사 업무에 시달리는 것보다 훨씬 편할지도 모르잖아요?"

"일단 일하는 법부터 배워야겠네요. 이사벨, 앞으로도 잘 부탁드립니다."

"여기는 오락거리도 얼마 없어요. 지상의 삶을 경험한 당신이 견딜 수 있을까요."

"천사로 일하다 보면 부모님과 다시 만날 수 있을 테니까요."

나를 낳아서 길러준 부모님을 역에서 맞이하는 것이다. 먼저 죽은 걸 사과하자. 그리고 사랑했다고 말하자. 그럴 기회가 주어지는 것만으로도 계약을 맺을 가치가 있다.

"그리고 학교 친구들과 재회할 수 있을지도 모르고, 전 세계의 유명인도 언젠가는 영화관에 올 테고요."

이사벨이 팔짱을 끼고 어이없다는 표정으로 쳐다보았다. 이윽고 하강 속도가 느려지다가 엘리베이터가 완전히 멈춰 섰다. 문이 열렸다. 엘리베이터는 기울어진 갑판 몇십 센티미터 위에 떠 있었다. 나와 이사벨은 배 위로 풀쩍 뛰어내려 서둘러 구명보트로 향했다.

천계 시간으로 움직이는 우리에게 지상은 시간이 너무 천천히 흘러서 거의 정지한 것처럼 보인다. 물살에서 튀어 오르는 물보라 한 방울까지 똑똑히 보였다. 배가 가라앉으면서 생기는 자잘한 물거품 하나하나가 터지지 않고 시간 속에 갇혔다. 승객 한 명이 기울어진 갑판에서 미끄러져 넘어지는 중이었다. 그 사람 옆에도 천사가 있었다. 승객과 승무원 각각에게 은색 가위와 가죽 주머니를 든 푸티지 회수 담당 천사가 하나씩 붙어 있었다. 그들은 사태의 추이를 그저 지켜만 보았다.

이물이 바다로 가라앉고 있으므로 갑판은 스크루가 달린 고물 쪽을 향한 오르막길로 변했다. 좌현 중간쯤에 모여 있는 사람들이 보였다. 바다로 뻗은 크레인의 와이어 몇 가닥에 구명보트가 매달려 있었다. 낯익은 광경. 내가 아이들을 태운 구명보트가 틀림없었다. 작업 중인 승무원과 다음 구명보트에 타려는 승객들로 주변이 북적거렸다. 다들 아주 비장한 표정이다.

"몇 초 전에 아이들은 바다로 떨어진 소녀를 목격했어요. 당신 말이에요, 안나."

갑판 옆에 댄 구명보트는 발 디딜 틈도 없을 만큼 사람들로 가득했다. 그중에 아이들이 있었다. 키드스쿨에서 나를 가족처럼 따랐던 아이들이다. 같이 보드게임을 하며 놀고, 생일 파티 때 서로 축하해준 것이 떠올랐다. 아이들은 다른 사람들을 밀어젖히고 보트 가장자리에서 바다를 내려다보았다. 대부분 울고 있다. 20미터 아래 바다로 손을 뻗는 아이도 있었다. 닿지 않는 줄 알면서도 바다에 빠진 내게 손을 뻗지 않을 수 없었으리라.

여기는 내가 빠진 곳 바로 위다. 죽어버린 내 육체가 물속에 있다. 내 몸을 확인하고 싶지만 지금은 할 일이 있다. 내가 떨어지는 걸 목격한 아이들은 공포와 혼란으로 당장이라도 폭발할 듯한 상태다.

구명보트 주위에 천사 몇 명이 떠 있었다. 보트에 탄 사람들의 푸티지 회수 담당이리라. 그들은 얇은 옷을 나부끼며 꼿꼿이 선 상태로 공중을 이동했다.

"안나, 당신은 아직 못 나니까 여기 있어요. 내가 마무리할게요."

"잘 부탁드려요. 저 아이들을 구해주세요."

이사벨은 나를 갑판에 남겨놓고 난간을 뛰어넘었다. 바다로 떨어지지 않고 투명한 발판을 밟는 것처럼 걸어서 구명보트에 다가갔다. 주변에 떠 있는 천사들이 이사벨에게 뭘 하느냐고 물었다. 이사벨은 사정을 설명하면서 공황 상태에 빠지기 직전의 아이들 중 한 명에게 손을 뻗었다.

이사벨이 아이의 가슴에 손을 넣어 필름을 끄집어냈다. 은색 가위로 가슴에 연결된 필름을 잘랐다. 이어서 가죽 주머니에 손을 넣어 미리 준비해 온 필름 조각을 꺼내 자른 부분에 삽입했다. 테이프로 이어 붙여 보수를 끝내자 필름은 아이의 가슴으로 빨려들어 사라졌다. 이걸로 한 명 완료. 다섯 명에게 같은 조치를 더 취해야 한다.

주변에 떠 있던 천사들이 도와줄까 물었다. 이사벨은 고마움을 표하고 준비해 온 필름 조각을 다른 천사들에게 나누어주었다. 필름 조각을 확인한 천사들이 갑판에서 상황을 지켜보던 내게 고개를 돌렸다.

"이건 당신 기억이군요."

천사 한 명이 물었다. 나는 고개를 끄덕여 답했다. 그건 이사벨이 내 가슴에서 회수한 푸티지다. 거기에는 영화관 로비의 거울에 대고 말하는 내 모습이 기록되어 있다.

"다들 진정해. 난 바다에 빠졌지만 걱정 안 해도 돼. 일단 심호흡을 하며 머리를 식혀. 구명보트에 가만히 앉아 있으면 금방 구조대가 올 거야."

나는 아이들에게 호소했다. 미소를 잃지 않으며, 필요 이상으로 비탄에 빠지지 않도록 아이들을 타일렀다.

"대중교통을 이용할 때는 주변 사람들에게 피해를 주면 안 된다고 했는데, 다들 기억나? 구명보트도 대중교통 아닐까? 그럼 일어서지 말고 제자리에 앉아 있어야겠지? 절대로 흔들면 안 돼. 얌전하게 앉아 있어."

이사벨 말로는 그 기억이 아이들의 가슴에 담기면 마치 내가 아이들의 마음속에서 호소한 것처럼 느낀다고 한다. 그런다고 공황 상태에서 완전히 벗어난다는 보장은 없지만 어느 정도는 진정 효과를 기대할 수 있다. 이 계획의 유일한 문제점은 조용하고 엄숙한 분위기의 영화관 로비에서 거울에 대고 말해야 했다는 것이다. 주변이 너무 조용한 탓에 내 목소리가 울려서 조금 창피했다. 기이하게 쳐다보는 천사들의 시선이 느껴졌다.

다른 천사들의 힘을 빌려 나머지 아이들의 가슴속에도 내 필름 조각을 넣었다. 이로써 모두 진정할까. 결과를 지켜보기 위해 나와 이사벨은 그 자리에 남았다.

체감상 한 시간도 넘게 기다리자 변화가 있었다. 이사벨이 처음으로 푸티지를 넣은 아이의 눈이 놀란 듯이 살짝 커지기 시작했다. 눈 속에 빛이 깃들고 굳은 얼굴이 차차 부드러워진다. 혼란에 빠졌던 다른 아이들에게도 같은 변화가 일어났다.

"잘된 것 같군요."

이사벨은 공중을 떠다니며 아이들을 하나씩 관찰한 후 내 옆에 내려섰다. 아무래도 최악의 미래는 피한 모양이다.

"하지만 걱정이네요. 모두가 무사히 구조될 때까지 지켜보면 안 될까요?"

"안 돼요. 제 휴가가 다 날아가겠어요. 바로 다음 업무에 들어가야 한다고요."

끝까지 지켜보려면 체감상 수천 시간은 여기에 있어야 한다. 아니, 더 걸릴지도 모른다. 아무래도 그건 안 된다기에 천계로 돌아가기로 했다.

도와준 천사들에게 인사하고 비스듬히 기운 갑판을 되짚어갔다. 목제 엘리베이터에 올라타서 가라앉는 배와 내가 사랑한 세상을 둘러보았다. 바다에 가라앉은 내 몸은 발견될까. 물고기들의 밥이 되어 세상의 일부로 돌아갈까. 살아남은 아이들이 내 마지막 순간을 부모님에게 이야기해줄까. 이사벨이 레버를 조작하자 문이 닫히고 엘리베이터가 천계로 상승했다. 우리가 탄 목제 상자는 쑥쑥 솟구쳐 구름 속으로 들어갔다.

우리 천사가 식사를 하지도 수면을 취하지도 않고 활동할 수 있는 건 육체의 속박에서 해방되었기 때문이리라. 천계의 모든 정경은 내가 인식하기 용이하도록 과거의 경험을 토대로 구현된다고 한다. 예를 들어 죽음을 앞둔 사람들이 기관차를 타고 오는 광경은 생전에 읽은 유명한 소설의 한 장면에서 유래했는지도 모르겠다. 죽음을 앞둔 사람들이 모여든다는 형태 없는 현상을 쉽게 이해하기 위해 이미 머릿속에 있는 이미지로 보완하는 것이다. 그래도 여기는 아름답다. 잔디밭 위를 미끄러지듯 떠다니는 작은 구름, 그 사이에서 노니는 보석색의 새들, 호수 주위에 만발한 꽃들, 천사들이 일하는 짬짬이 연주하는 음악, 노랫소리, 암송하는 시.

천사들은 1,000년에 한 번씩 담당 업무가 바뀐다고 한다. 나도 언젠가는 지상에서 누군가를 맡아 인생의 단편을 회수할지도 모른다. 필름을 조잡하게 보수하면 데자뷔가 일어난 것처럼 느낀다니까 지금부터 연습해놓아야 할 것이다.

첫 업무는 이사벨과 똑같은 안내 담당이었다. 자료를 받아 영화관이나 역 주변에서 내가 담당한 사람이 도착하기를 기다린다. 내가 처음으로 맡은 사람은 열 살 먹은 소녀였다. 소녀는 역을 나서자마자 어두운 눈으로 발밑을 보며 우두커니 멈춰 섰다. 나는 소녀와 함께 줄을 서서 영화관 로비로 들어갔다. 조명등에서 벌꿀색 불빛이 비쳐 소녀의 뺨도 약간 노르께해졌다.

차례가 되어 영화관 안으로 이동했다. 소녀 옆에 앉자 영사기가 돌아가는 소리가 났다. 우리 머리 위로 빛의 띠가 뻗어나가자 스크린에 상이 맺혔다. 천사가 소녀의 인생에서 회수한 추억의 조각들이 죽 나열되었다. 소녀의 인생은 행복했다. 부모님에게 사랑받았고, 생일에는 장난감을 선물받았다. 아이들과 노래를 부르며 즐겁게 놀았다.

스크린에서 빛이 반사되어 옆에 앉은 소녀의 얼굴이 보였다. 하지만 그 모습은 형이상적인 개념이며 아이 본인은 생사가 모호한 육체 속에서 이 기억을 보고 있다고 한다.

불꽃놀이를 하는 장면이 스크린에 비쳤다. 소녀가 살던 동네에서 잔치를 하던 기억이다. 갖가지 색상으로 반짝이는 불꽃이 축제를 연상시켰다. 그리고 소녀는 병마에 몸을 좀먹힌다. 영상 후반부에는 병실 장면이 많았다. 눈물을 흘리는 아버지와 어머니, 서로 격려하는 모습이 비쳤다.

마침내 상영이 끝나고 영사기 불빛도 꺼지자 영화관은 완전히 캄캄해졌다. 내 손도 보이지 않을 만큼 어둡다. 소녀가 겁먹은 듯 어깨를 떠는 기척이 전해졌다. 영혼이 이쪽으로 온 모양이다. 나는 아이의 어깨에 손을 얹었다.

"괜찮아요, 걱정할 건 없답니다."

내가 속삭이자 안도한 듯 소녀의 몸에서 긴장이 가셨다. 숨소리와 함께 뭔가가 풀리는 것처럼 이완되는 느낌이 들었다. 내 손이 닿은 아이의 어깨가 슥 사라졌다. 조명이 켜져서 주변이 밝아지자 소녀는 이미 옆에 없었다. 죽은 자의 나라로 여행을 떠난 것이리라. 나는 일어서서 연한 벌꿀색 불빛이 비치는 로비로 나갔다.

그 후로 죽음을 앞둔 사람들을 수없이 맞이했다. 전쟁에 출전한 청년의 필름도 보았다. 청년은 세상에 태어나 깊은 애정을 받으며 자랐지만 폭격으로 부모님을 잃고 마음속에 절망과 증오를 키웠다. 그는 군에 자원입대했고, 영상에서 총을 몇 방이나 맞았다. 영화관이 어두워지고 죽은 자의 나라로 가는 순간, 그는 드디어 고통에서 해방되었다는 듯이 한숨지었다.

평생을 한 여자에게 바친 노인의 필름을 보았다. 그의 인생은 사랑으로 넘쳤으며, 마지막 날에는 수많은 손자 손녀들이 임종을 지켜보았다. 아이를 구하려다가 차에 치인 아버지도 있었다. 내내 고독했던 그는 아이를 얻고서야 진정한 사랑을 알았다. 마지막 순간에는 아이를 구했음을 자랑스러워하며 사라졌다. 장애를 가지고 태어난 아이도 있었다. 차별 그리고 편견과 싸운 여성도 있었다. 좋아하는 사람에게 마음을 고백하지 못한 청년도 있거니와 수많은 사람과 연애한 여자도 있었다.

각양각색의 인생이지만 하나같이 축복과 비애로 가득하다. 모든 필름이 별처럼 반짝여 내 가슴을 가득 채웠다. 영상이 끝날 때마다 나는 운다. 그리고 어둠 속에서 죽은 자의 나라로 떠나는 사람에게 위로의 말을 건넨다.

아이들아, 잘 자요.
사람들아, 잘 자요.
잘 자요, 편안하게.

옮긴이의 말

1978년생인 오쓰이치는 올해 만 40세. 결코 많은 나이는 아니지만 작가로서는 벌써 20년이 넘는 경력을 자랑한다. 오쓰이치가 17세라는 아주 어린 나이에 데뷔했기 때문이다.

오쓰이치는 1996년에 『여름과 불꽃과 나의 사체』로 제6회 점프 소설대상을 수상하며 데뷔한다. 15세 때부터 소설을 읽는 재미에 빠졌고 16세 때 데뷔작을 써냈다고 하니 아무래도 글쓰기에 탁월한 재능이 있었던 모양이다.

그 후 오쓰이치는 호러, 미스터리, 판타지를 넘나들며 각양각색의 작품을 독자들에게 선사한다.

그나저나 왜 야마시로 아사코의 작품에서 오쓰이치 이야기를 하는지 궁금한 독자도 있을 것이다. 바로 야마시로 아사코가 나카타 에이이치와 더불어 오쓰이치의 또 다른 얼굴이기 때문이다. 야마시로 아사코는 2007년에 『죽은 자를 위한 음악』으로, 나카타 에이이치는 2008년에 『모모세, 나를 봐』로 정식으로 등장하는데, 2011년에 오쓰이치가 트위터에서 둘 다 자기 필명임을 밝힌다. 현재 오쓰이치는 '야마시로 아사코' 명의로는 호러 및 괴담을, '나카타 에이이치' 명의로는 주로 청춘 및 연애 소설을 쓰고 있다.

앞서 말했듯이 2007년 괴담 전문잡지 《유幽》에 단편을 연재하던 대망의 신인 야마시로 아사코가 단편집 『죽은 자를 위한 음악』을 출간한다. 「긴 여행의 시작」, 「우물을 내려가다」, 「황금공장」, 「미완의 조각상」, 「괴물 이야기」, 「새와 패프러츠키스 현상」, 「죽은 자를 위한 음악」 이렇게 일곱 편의 단편으로 구성된 『죽은 자를 위한 음악』 단행본 띠지에는 '이 책은 사랑의 단편집이다'라는 오쓰이치의 추천사가 적혀 있다.

지금 생각해보면 참 발칙한 짓이지만, 오쓰이치의 추천사는 거짓말이 아니다. 부모 자식의 사랑, 연인의 사랑, 형제지간의 사랑, 인간과 동물의 사랑 등등 어떤 형태로든 사랑이 각 단편에서 조금씩은 묻어난다. 분명 호러, 환상, 기담의 영역에 있는 작품인데도

'사랑'이라는 말이 눈에 밟힌다. 어둡고 그로테스크한 면도 있지만 담담하면서도 어쩐지 애달픈 맛이 느껴진다고 할 수 있는 작품이다.

다음으로 발표된 연작 단편집 『엠브리오 기담』도 이러한 작풍을 고스란히 이어받는다. 『엠브리오 기담』의 주인공 이즈미 로안은 여행 안내서 작가지만 길치라서 길을 나서면 반드시 한 번은 길을 잃으며, 길은 잃고 들어선 곳에서는 꼭 기이한 일이 발생한다. 이 기이한 일들은 등장인물의 욕망과 얽혀 기담이라는 결과로 독자들의 눈앞에 제시된다.

'인간의 욕망' 하면 뭔가 좀 부정적인 느낌이 들지만 '흑과 백'으로 대비되는 작가답게 이야기가 모조리 끔찍한 결과를 초래하지는 않는다. 인간의 어두컴컴하고 추악한 모습을 여실히 드러내면서도 담담한 문체로 애틋하고 애달픈 여운을 남기는 작품이다.

두 작품에서 알 수 있듯이 야마시로 아사코는 공포를 중시하는 호러와 괴담을 쓰면서도 결코 이야기를 공포로 가득 채우려 들지는 않는다. 공포의 여백을 메우는 것은 애틋하고 아련한 감성이다. 하지만 이 감성조차 독자에게 강요하지는 않는다. 야마시로 아사코는 신파조나 억지 감동과는 거리가 멀다. 그저 감성 한 방울을 독자의 마음속에 살짝 떨어뜨릴 뿐이다. 그 감성은 옅지만 한없이 깊고 멀리 퍼져나간다.

이번에 국내에 소개된 『내 머리가 정상이라면』도 그러한 기조에서 벗어나지 않는다. 「세상에서 가장 짧은 소설」, 「머리 없는 닭, 밤을 헤매다」, 「곤드레만드레 SF」, 「이불 속의 우주」, 「아이의 얼굴」, 「무전기」, 「내 머리가 정상이라면」, 「아이들아, 잘 자요」 이렇게 여덟 작품으로 구성된 이번 단편집은 전체적으로 호러 요소를 가미한 가운데 미스터리, 괴기, SF, 기담 등의 특색을 담담한 문체 속에 담아낸다. 그리고 몇몇 단편에서는 '상실'과 '재생'이라는 요소도 눈에 띈다. 『죽은 자를 위한 음악』이 '사랑'의 이야기였다면 『내 머리가 정상이라면』은 일종의 '상실'과 '재생'을 다룬 이야기가 아닐까 싶다.

그렇다 보니 호러 요소를 가미했다고 해도 감각적으로 끔찍하다거나 오싹한 느낌은 거의 없다. 대신에 묘한 여운이 남는다고 할까, 뭔가 심심하면서도 읽는 이의 감정을 살살 건드린다.

그런 의미에서 이 작품은 마치 평양냉면 같다고도 할 수 있겠다. 평양냉면은 밍밍하지만 그 맛에 한번 빠지면 계속 찾아서 먹게 된다고 한다. 이 작품도 마찬가지다. 결코 자극적이거나 화려하지는 않지만 가슴속 뭔가를 툭 건드리는 이야기들이 페이지를 자꾸 넘기게 만든다. 호러라는 틀에 맞추어 이런 식으로 감성을 건드릴 수도 있구나 싶어 감탄이 절로 나온다.

글은 작가가 쓰는 것이지만 독자들의 반응도 무시할 수는 없다고 생각한다. 오쓰이치의 속내를 어찌 다 알겠냐마는 그도 그러한 강박에서 완전히 자유롭지는 못하지 않았을까. 아마 그래서 내키는 대로 이야기를 마음대로 써보고 싶은 마음에 필명을 새로 만든 게 아닐까 생각해본다.

그중 야마시로 아사코로서는 서정적인 호러를 택했다. 야마시로 아사코의 작품에 특별히 강렬한 결말이나 뒤통수를 때리는 반전은 없다. 그저 이야기 자체의 정서로 독자에게 호소할 뿐이다. 그렇지만 작품의 여운은 오래도록 가슴 한구석에 남을 것이다.

2019년 10월
김은모

내 머리가 정상이라면

초판 1쇄 2019년 12월 3일

지은이 야마시로 아사코 | **옮긴이** 김은모
펴낸이 박진숙 | **펴낸곳** 작가정신
편집 황민지 김미래 | **디자인** 이수빈
마케팅 김미숙 | **홍보** 정지수 | **디지털콘텐츠** 김영란 | **재무** 윤미경
인쇄 및 제본 한영문화사

주소 (10881) 경기도 파주시 문발로 314
대표전화 031-955-6230 | **팩스** 031-944-2858
이메일 editor@jakka.co.kr | **블로그** blog.naver.com/jakkapub
페이스북 facebook.com/jakkajungsin | **인스타그램** instagram.com/jakkajungsin
출판 등록 제406-2012-000021호

ISBN 979-11-6026-142-4 03830

이 책의 판권은 저작권자와 작가정신에 있습니다.
이 책 내용의 전부 또는 일부를 재사용하려면 양측의 서면 동의를 받아야 합니다.

이 도서의 국립중앙도서관 출판시도서목록(CIP)은 서지정보유통지원시스템 홈페이지(http://seoji.
nl.go.kr)와 국가자료공동목록시스템(http://www.nl.go.kr/kolisnet)에서 이용하실 수 있습니다.
(CIP제어번호 : CIP2019026234)